JN157928

生きづらいと思ったら親子で発達障害でした

入園編

モンズースー 著

※注意欠如・多動性障害(attention deficit / hyperactivity disorder)

前作は
子ども達の
乳児期から
幼稚園に入るまでの
お話でしたが
今作はその後の
幼稚園 保育園生活や
さらに進路 転園を考え
相談したり 迷った話
子ども達の
新たな課題や成長を
描かせていただきました
あと何かの参考になればと思い
私の過去の生活の様子なども
描きました
今 自分で見ても
ドン引くレベルの
生活ですが…

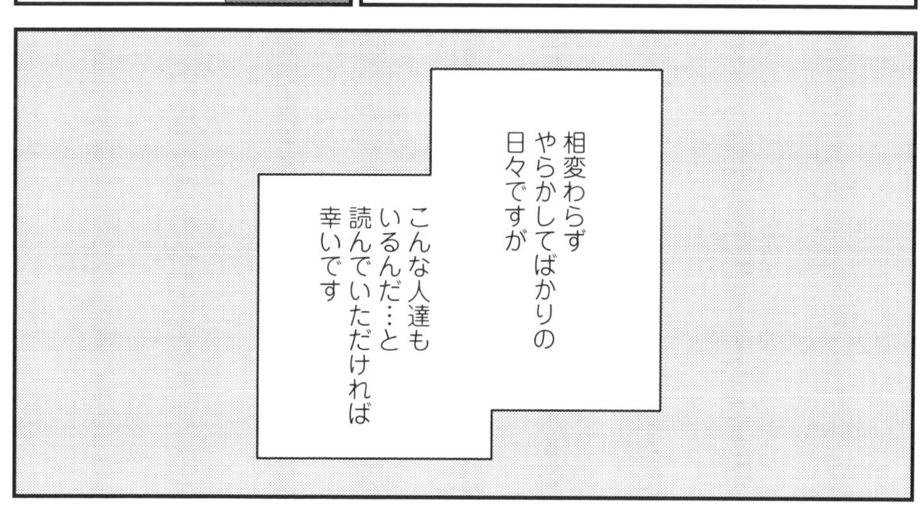
相変わらず
やらかしてばかりの
日々ですが
こんな人達も
いるんだ…と
読んでいただければ
幸いです

目次

母

（モンズースー）

いつもなにかやらかしている母。
自身もADHD。

そうすけ

グレーゾーンの長男。
支援学校の幼稚園に通う。
カニが好き。

あゆむ

同じくグレーゾーンの次男。
なんでもよく食べる。

登場人物紹介

1話

幼稚園生活の始まり

4月…
長男そうすけの
入園式を迎えた
つくし幼稚園
入園おめで
つくし幼稚園という
療育の受けられる
幼稚園だ

入園式の会場は
とてもにぎやかで
席につかず
歩き回る子
走り回る子
壇上に上る子
装飾や掲示物を
触って回る子…
ブチ
ブチ
ブチ
バサバサ
あははは
ダダダダ
ダン

そんななか長男は
おとなしく座っていた

いい子にしていたわけではなく
初めて体験する状況に驚き
固まっていたようだった
カチン

それではクラスの
発表をします

次にひよこ組
あいざわりゅうくん
ひぐらしゆうくん
もんずそうすけくん

担任は
なかやまりん先生
こんのさつき先生

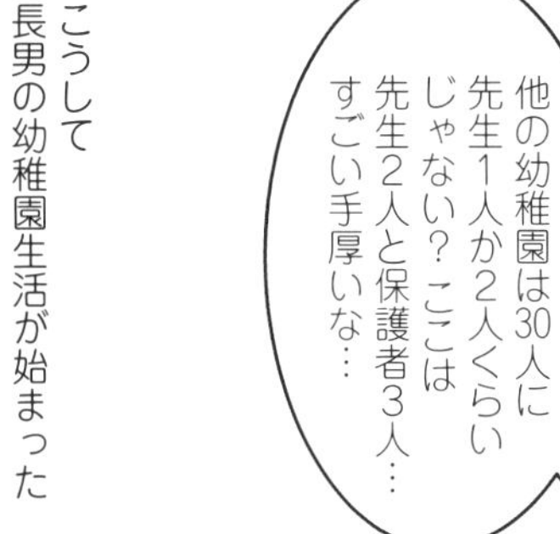
次
うさぎ組は…
5人や4人のクラスもあるけど長男のクラスは1クラス3人なんだ…
へー
他の幼稚園は30人に先生1人か2人くらいじゃない? ここは先生2人と保護者3人…すごい手厚いな…
こうして長男の幼稚園生活が始まった

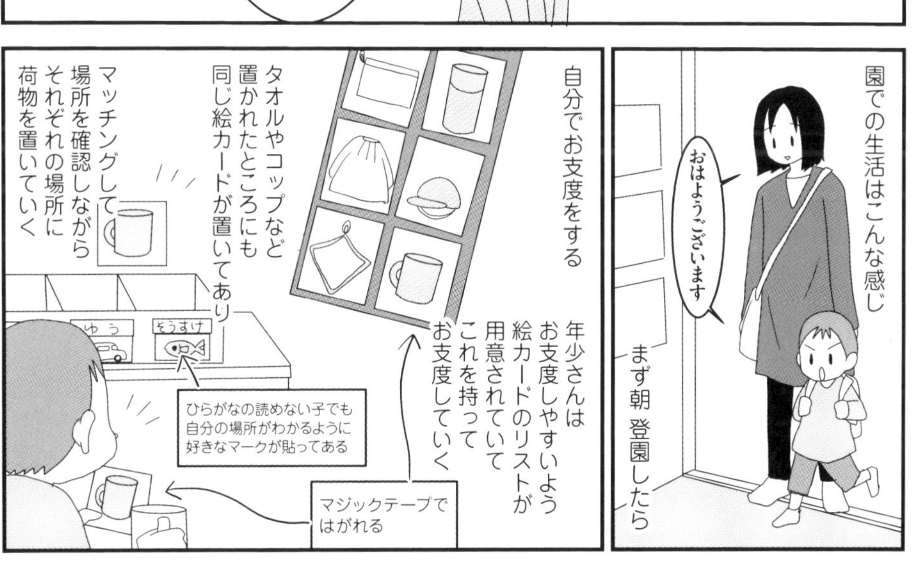
園での生活はこんな感じ
おはようございます
まず朝 登園したら
自分でお支度をする
年少さんはお支度しやすいよう絵カードのリストが用意されていてこれを持ってお支度していく
タオルやコップなど置かれたところにも同じ絵カードが置いてあり
マッチングして場所を確認しながらそれぞれの場所に荷物を置いていく
ゆう
そうすけ
ひらがなの読めない子でも自分の場所がわかるように好きなマークが貼ってある
マジックテープではがれる

絵カードを使ったお支度は
長男にはとても
わかりやすかった
ようで
2日目から一人で
お支度を始められた

朝の会を始める

おはようございます
今日は4月15日 月曜日
お天気は晴れです

てんき
はれ
4
がつ
15
にち
げつ
ようび

お母さん
行くね
お母さん
行くよ
聞いてるー？
……!!
はいはーい
じゃあね
お昼は
母子分離
母と分かれて
給食を食べる

子ども達の給食の時間は
ママ達の休憩時間
別室でお弁当を食べる

子ども達が戻ってきたら
歯磨きの仕上げを手伝う
やめろ…

その後
帰りのお支度

帰りの会では
絵本を読んだり
手遊びをしたりする
最後に明日の予定を
写真や絵カードを使い
伝えてくれる
とんとん
とんとん
明日は
砂場で
遊びます

そして帰宅

週に1度は個別指導があり
さようならの挨拶の後に
残って
先生と1対1で
お勉強する

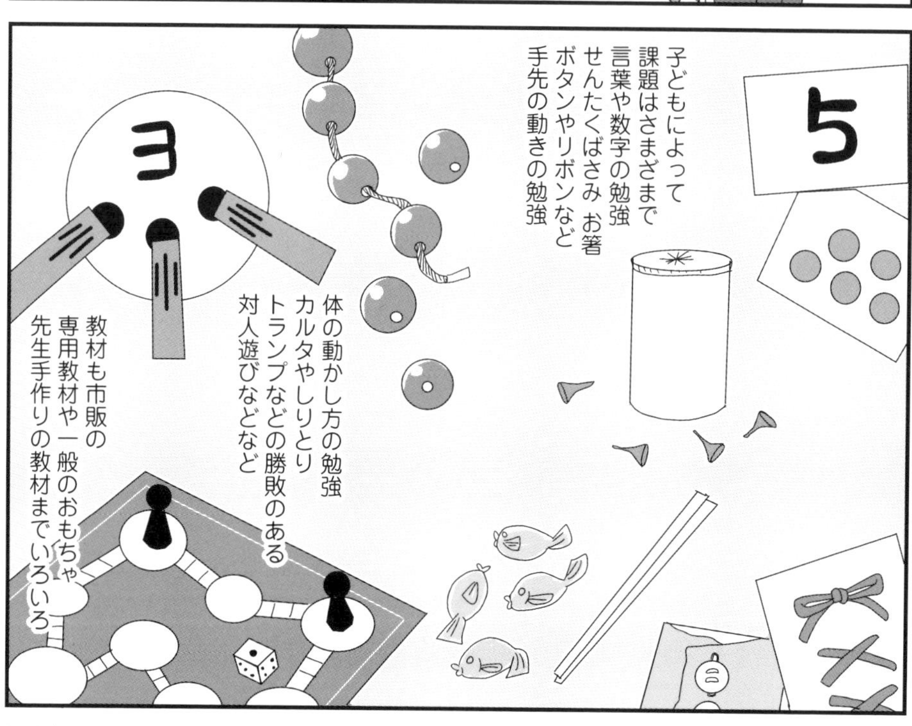
子どもによって
課題はさまざまで
言葉や数字の勉強
せんたくばさみ お箸
ボタンやリボンなど
手先の動きの勉強
5
ヨ
体の動かし方の勉強
カルタやしりとり
トランプなどの勝敗のある
対人遊びなどなど
教材も市販の
専用教材や一般のおもちゃ
先生手作りの教材までいろいろ

この個別指導の時間は
子ども達も大好きで
今日はりゅうくんがお勉強です
ちがーう
そうすけ
そうすけが
やりたーい
……!!
争いが起きるほど…
個別で学んだことは
どんどん吸収していった
6
5
4…
2
3
4
5
6

充実した活動を終えて
家に帰る頃には疲れて
親子で動けない…
ぐでー
ダラ～
にーちゃ
おかーしゃん
あしょぼ
保育園でお昼寝した
次男は元気

でも最初は
不安だったけど
意外と幼稚園生活
楽しいなー
この年で
幼児と一緒にお遊戯…
意外と嫌ではないかも

そして驚くことに
長男は入園してから
数週間
一度も問題を起こさず
過ごしている

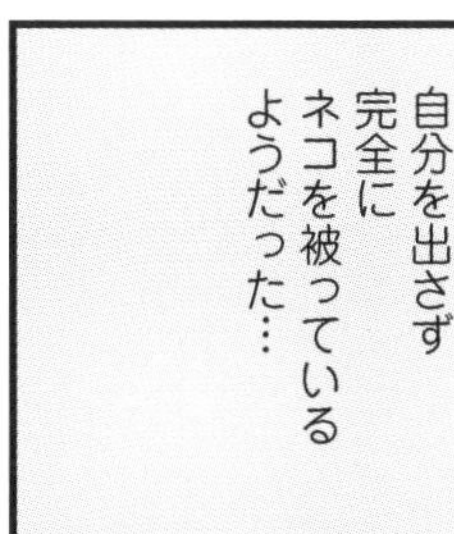
自分を出さず
完全に
ネコを被っている
ようだった…

これなら他の場所
でも通えたかな…
それとも
この手厚い環境だから
こその落ち着き??
うーん…
にゃ

なんて考えていたある日
クラスのママから
こんなことを言われた
ねえ なんで
そうすけくん
ここ来てるの?
私も思ってた
落ち着いてるし 言葉も
出てるし トイレも
自立しているじゃない

ひよこ組の
他の2人もおとなしいが
オムツは取れていなくて
定時排泄もまだだった
食事も家以外では
食べたがらないなど
こだわりも強かった
何より入園してから一度も
2人の発語を聞いていない

いやー でも
癇癪を起こすと
激しくて…
もしかして
長男には
合わない場所
だったのかな？
やさしすぎる？

絵カードも
馴れると面倒がる
ようになり
やらない日も
出てきた

成長してくれたのは
とても嬉しいことだけど
今の発育レベルに合わない
環境を選んでしまった
のだとしたら
これから1年
どうしたらいいのかな…

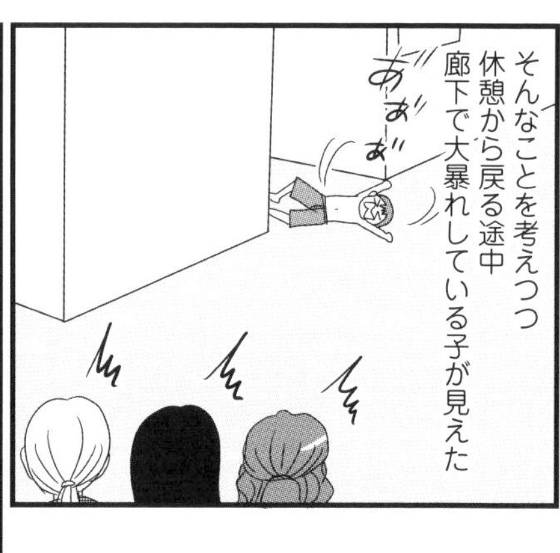
そんなことを考えつつ
休憩から戻る途中
廊下で大暴れしている子が見えた
あぁあ

え？ あれ
そうすけくんじゃない？
うん
そうすけだ…
そうすけくん
あんなことするんだ…

長男は半裸で大暴れしていた
うわあ゛あ゛あ゛ぁ゛あ゛あ゛ぁ゛ぁ゛あ゛あ゛
給食室で気に入らないことがあったらしい

その日から被っていたネコを脱いで癇癪の多いいつもの長男になった
あっちいけー

そうすけくん自分が出せるようになってきましたね成長ですねー
キははは…
はあ…
表現方法が癇癪と立てこもりだけだけど…いいのかな？
わあああああ

そうすけくんの「あっちいけ」にはいろいろな気持ちが込められていますね
本当は一人にしてほしくないでもかまわれたくないし…泣いている原因も他にありそうそんな複雑な気持ちを「あっちいけ」で表現しているんですね

どうしたいのか
何が悲しいのか
何に困っているのか
自分の気持ちを
もっとたくさんの
言葉で伝えられたら
いいですね
あ 確かに…
他の施設では泣き出したら
隔離されたり甘やかされたり
静かにさせようと必死で
考える余裕もなかったけど
あぁぁ
うあぁ
すみません
すみません…

こうして
理解のある大勢の大人と
安全な施設で
落ち着いて考えると
問題がわかるし
進む方向も見えてくる
そうか 言葉を増やして
あげればいいんだ…
この子は伝えられないこと
理解してもらえないことに
困っていたのかも…

やっぱり
この幼稚園で
良かったのかも
しれないな…
あっちいけー
おもちゃおしまいじゃ
なーい
ぎゃあああ
あ 今
ちょっと違う言葉で
説明できた!

2話

自分を肯定するための一歩

その後 毎日 幼稚園で暴れている長男

あ゛あ゛あ゛あ゛あ゛ああ゛あ

自分の気持ちを伝えられるのはすごいことですよ
と先生は言うけれど…

長男のせいで授業は進まず活動を中断することも多い
あっちいけ
あ゛あ゛あ
みんな待つの苦手だしそれぞれコンディション整えてやっているのに申し訳ない…

家では比較的落ち着いて過ごせていた
ごはんやお風呂の時間はいつもだいたい決まっているので本人もわかっているしそれ以外は何かと自由に過ごせるので強制されることもない
でも幼稚園だと時間で「やるべきこと」が次々出てくる
体操 始めるよー
朝の会 始めるよー
ガーン
しかも自分のペースではなく周囲に合わせて行動しなければならない
←まだ作っている途中

そんな環境についていけず
幼稚園にいる時間の
半分以上は何もできず
ただ泣いている日が続いた…
私達ここに何しに
来ているんだっけ？
癇癪起こすために
来ているのかな？
なんて思ったことも

癇癪のある子は他にも多いが
大体の子は
泣いても怒っても
しばらくすると
別のことをしている
ガッ
ブン
でも長男は切り替えができず
一度泣き出したら最後
泣き疲れるか
自分が納得できるまで
次の行動に移れない
うわーん
あー
そこが最大の課題だった
その頃 次男も
保育園になじめず
早帰り…
ぐずぐず
ぐずぐず

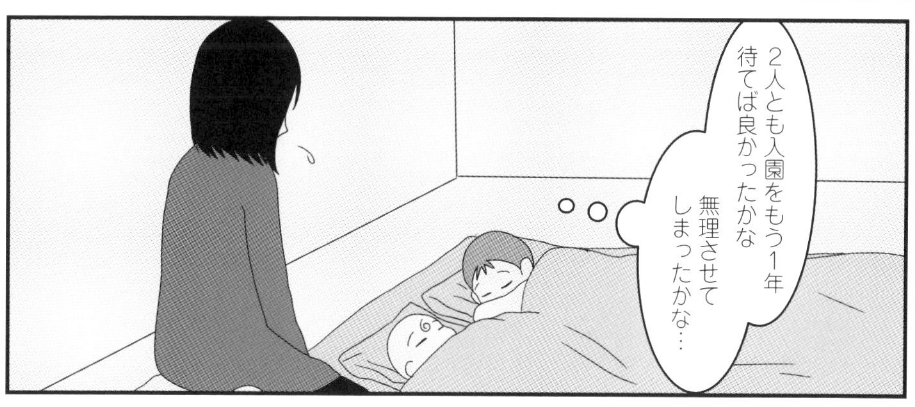
2人とも入園をもう1年
待てば良かったかな
無理させて
しまったかな…

長男にコミュニケーションの方法を学んでほしかったけど
ねんどする
じゃあ 先生に聞いてごらん
違う お母さん言って
まだ私づてにしか話せない
なので 幼稚園にいる時は私がずっと伝言係
ねんどがしたいそうです
そうなの？いいよー
先生がいいってよ

クラスの友達や先生の名前も長男の口からはなかなか出てこず区別できているのか疑問だった
唯一「せんせい」は言葉にできたが…
せんせい
誰先生？
……
と聞かれると答えられない

確かにいきなり集団に入って大勢の人たちを区別するのは難しい私も苦手だ
でもそんななか特別に好きな先生ができた
りん先生

その先生と少しずつ話せるようになってきたある日
ねぇ 先生
誰先生？
えーと…

キイロの先生

キイロの先生？私のこと？
そう
なぜキイロ？キイロの服とか着てたっけ??
しかしこれが大きな変化の始まりだった

この後 キイロの先生といろいろと話ができるようになりだんだん本当の名前も言えるようになった
りん先生ねんどやりたい
いいよじゃあ一緒にねんど取りに行こうか
行く
家族以外ではリハの先生の次にできた長男の信頼できる人だった

ゆずちゃんが
仲間に入れてだって
いいよー
ありがとう
今度はりん先生をあいだに
挟んで クラスの友達や
他のクラスの子達とも
話すようになっていった

りくくん
おはよう
そうすけくん
おはよう
やがて先生を挟まなくても
話せるようになり
友達の名前も増えていった

幼稚園に一人
信頼できる人ができてから
長男の世界は
一気に広がっていったように
見えた

まだ共同作業はせず 同じおもちゃで
別の物を作ったりするが
物の貸し借りはしていた

他のクラスの先生に
お願い事も言えるように
なった
おもちゃ
電池ない
交換…

上級生達には 立って
トイレをする方法や
スリッパの揃え方など
教えてもらったり
ジョ
絵本を読んでもらったりした お互い
一方通行なことも多いが 同級生より
好みが合っていたのもあって
会話を
楽しんでいた
お面ライダー忍者
ひみつ百科…
忍者Z&ブラック
ひらがな
カタカナ
アルファベット
漢字も読めてる!?
すごい神童!?

大人とは違う 少し年上の先輩達は
とてもかっこ良く見えたようで
長男の目標に
なった
お?
ぼくも たくやくん
みたいにやりたい
子ども同士ってすごいな
大人が言うより
素直に聞き入れてる

自分の気持ちを
表現する言葉が増えて
人に伝えられるようになり
気持ちが落ち着いてきたことで
以前より周囲がよく
見られるようになってきた
なるほど 幼稚園とは
こうゆうものか…
じゃあ 次はまた
あれをやるんだな
というふうに
少し見通しがつくように
なってきたようだ
だけど

今度は見通しがつくぶん
体育館で
体操するよー
はーい
そうすけも
行こうー
ぱた
ぱた
……
体操は苦手だから
皆の前でやるのは
恥ずかしい…
上手にできるか
わからないことは
全部やりたくない
という不安と緊張から
参加できないことが増え
うまくできないことが
悔しくて 癇癪になったり
引きこもったり
するようになった
完璧主義

川遊びに行っても
遊びたい気持ちと
水が怖くて不安な気持ちが
整理できずに泣き出す
キャー
キャー
キャー
ヺ
めそ
めそ
ちょっとやりすぎくらいに
のびのび遊んでいる
子達を見ると
ぴょん
キャー
あ゛ー
あぶないぃ
飛び込んじゃ
ダメー
ぴょん
ザバーン
楽しそう…
子どもらしくて
いいな…
なんて
思えた

そうすけくん
辛そうですね…
なんて先生達によく
言われるけど 確かに
これだと辛い…
うわ～ん
不器用
だなぁ…
どうすれば
いいのかな…

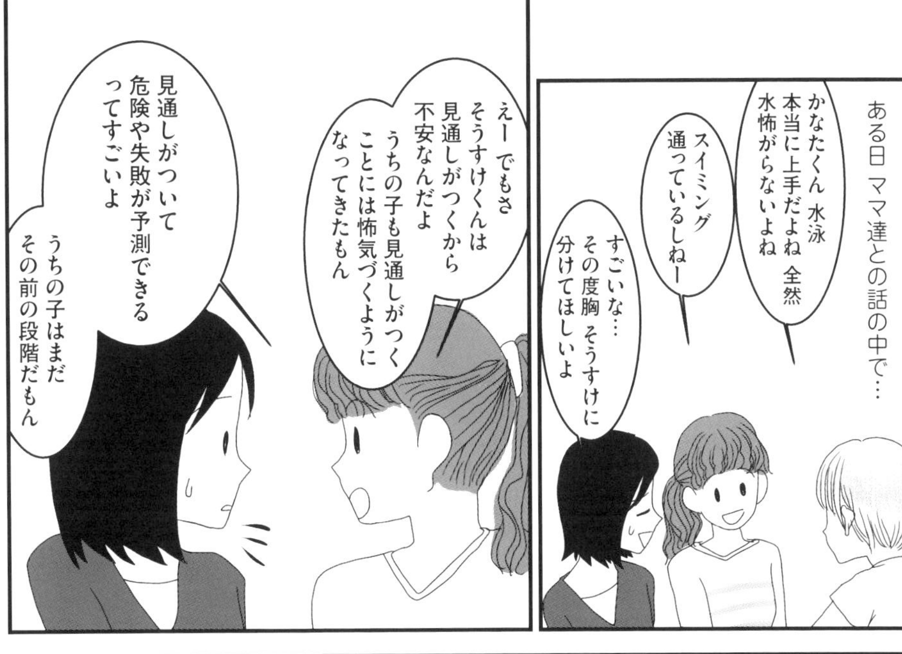
ある日 ママ達との話の中で…
かなたくん 水泳
本当に上手だよね 全然
水怖がらないよね
スイミング
通っているしねー
すごいな…
その度胸 そうすけに
分けてほしいよ
えー でもさ
そうすけくんは
見通しがつくから
不安なんだよ
うちの子も見通しがつく
ことには怖気づくように
なってきたもん
見通しがついて
危険や失敗が予測できる
ってすごいよ
うちの子はまだ
その前の段階だもん

うちもさー 水が大好きで
プールには飛び込むし 真冬に
川に行っても飛び込むけど
危険がわからないから
誰かが止めないと楽しくて
ドンドン深いところに進んで
そのまま溺れ死んじゃうん
じゃないかと思うもの
けんとー
危ない
戻って
きてー

なるほど…
長男は石橋を叩くどころか
触れないけど
危険な橋でも気づかず
渡ってしまう子もいる…
ぴょん
ぴょん
課題はそれぞれあるんだな
個性もあるけど
どれも成長に必要な過程なのかも…

私も橋が見えない
タイプだったな
失敗も多くて
今は逆に橋に近づかない
ことが多いかも…
私は何かそこから
学べたのかな…??
石橋に触れない理由の一つは
自己肯定感が低い
ことにあると思う
先生からも
成功体験を
たくさんさせて
あげたいですね
とよく言われる

自己肯定感とは
「自分に対する肯定的な意識」のこと
発達の凸凹がある子は
平均より苦手なものがあったり
その特性ゆえに失敗を
繰り返したりするうちに
自分で自分の価値を認められず
自分はダメな
人間
どうせ自分には
何もできない…
という思考になってしまい
自己肯定感が
低くなりがちだと聞く
まさに私がそうかな…
大人になってからは特に

そこで今回もスモールステップで
成功体験を積むこと
に挑戦してみた
1
まず足に
水をつける
ピチャ
2
膝などに
かけてもらう
パシャ
3
先生と一緒に
お尻までつかる
チャプ

すると
そうすけ
できた
小さい課題ができたことで
自分を認められ
自信をつけていく様子が見られた

今度はあれやる
プカプカ
いいねー 行こう
そうすけ できたよ
のれた〜
ゆらゆら
自信がつくと自分から挑戦できることも増える
次はあれやる
キャー
ザブン
いいよいいよー やってみよう
ドシャアアン
楽しかった？
ザバ
そうすけ？
でも調子に乗せすぎてトラウマを作ることも…
みやあああああ
予想以上に怖かったのか…

完璧主義

ダンスの時間
間違えた

その場で中断して引きこもる
上手だったよ
ちがーう（できない）

そうすけ できない
そうすけはそうすけ だからできない

できない自分が自分で許せない完璧主義の長男
誰も責めてないのだけどな

自分好き？ 嫌い？

失敗の多い私も自己肯定感は高くないのでよく自己嫌悪に陥る
もやもや
今日はやらかした迷惑かけちゃった
こんな自分嫌だなー

ふと周囲にいる「自分嫌い」という人達を見たらこう思えた
私はダメな人間
オレなんてマジクズだよ
自分が好きだからうまくできない自分が嫌いなんじゃないかな

はっ
ってことは私も自分が好きなのかも
思っていた以上に自分に興味があったんだなー

もや〜
あーでもそう考えると私ってややこしい奴だなー
こんな自分嫌だわー
我ながらめんどくさい

3話

私に保護者付き合いができるの？

幼稚園で不安だったのは保護者同士のお付き合い
加害者タイプの長男とコミュ障の私がうまくやっていけるだろうか…
すみません
すみません
迷惑をかけたり場の空気を壊してしまいそうで怖いな…
またよ

そんな不安のなか同じクラスになった2人のママは楽しくてやさしい素敵なママ達でした

休憩中はよく子ども達のことを話すけど
朝の会 今日から新しい歌だね
今日 ゆうくん お返事上手だったね
うちの子 また グズグズして 朝の会 遅れてごめんね

今週駅でイベントあるよ

2人目療育中の
ゆうくんママは情報通で
イベント情報や
療育手帳(※)で受けられるサービスなど
いろいろ使える情報を教えてくれた

※4話参照

そういえばこんな感じで
ママ友とゆっくり会って
話すってなかったな…
LINEでつながってた
療育ママ友達とは
相談し合っていたけど
会って話そうとすると
子ども達が落ち着かなくて
ゆっくりできなかったし…

他のクラスのママ達の中にはきょうだいで発達の遅れを抱えている方も多く
次男の発育の相談もしやすかった
うちの子 毎日保育園でできないことを指摘されて…
同い年
2人目
うちもだよ今度 下の子もリハ通おうと思ってる
うちもだなー

ガヤ
そしてクラスや学年を超えて大勢で話し出すと
主婦の集まりはすごい情報量
ここで聞けばなんでもわかるくらいのたくさんの話を聞くことができた
ガヤ

病院や施設情報
今度○○に新しい施設ができるんだってスタッフさんはさー
○○病院の○○先生はさー
学校情報
○○小は校長変わってから雰囲気良くなったよね
○○中は今年荒れてるよー
そうそう
おぉ
すごい昔ネットで調べてもつかめなかった地元の貴重な情報があふれている

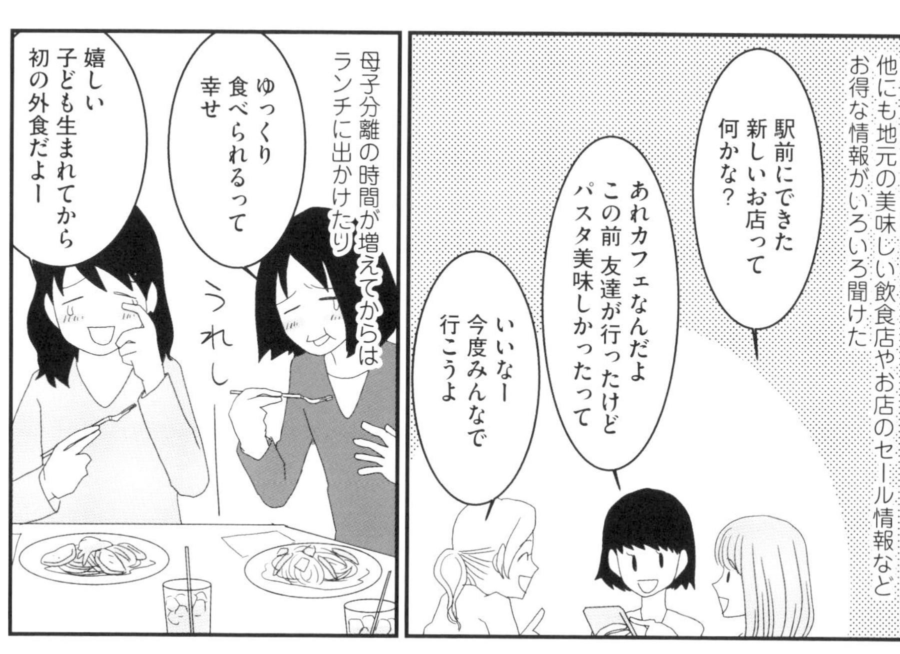
他にも地元の美味しい飲食店やお店のセール情報など
お得な情報がいろいろ聞けた
駅前にできた
新しいお店って
何かな？
あれカフェなんだよ
この前 友達が行ったけど
パスタ美味しかったって
いいなー
今度みんなで
行こうよ
母子分離の時間が増えてからは
ランチに出かけたり
ゆっくり
食べられるって
幸せ
うれし
嬉しい
子ども生まれてから
初の外食だよー

休日にも
遊びに行ったり

フロアを借りきって
子連れで
飲み会したり
ドタバタ
キャー
キャー
サイコー

カラオケしたり
オレが
オレが
ガツガツガツ
ヂュ～
スヤァ…
たすけて～

施設を借りきって
合宿したりした
長男の夢
焼きマシュマロ
もできた
ハフハフ

長男の癇癪が心配で
ここ何年か家で過ごすことが多かった
我が家の行動範囲が
どんどん広がっていった
そして心配していたよりずっと
落ち着いてイベントを楽しんでいる
子ども達に驚かされた
幼稚園から高校生までの親が集まる
特別支援学校の集会では
先輩ママの話も聞けた
この集会では
いろいろな施設や機関からも
スタッフが来て話をしてくれる

作業所や
グループホームの
説明もあった
まだまだ先の話で
ピンとこないけど
学校を卒業してからの
進路にざっくりと
見通しが持てた
グループに分かれての話し合いもあり
直接施設や機関の人に質問もできる
なかには行政の曖昧な返答に
強く意見する保護者の姿も
○○市はいつも
そう言って
何もしてくれない
じゃないですか

私のいたグループは高学年の
ベテランママさん達が多く
話題は自分の死後の
子どもの資産管理にまで及んだ
いくら残せば
いいのでしょう?
成年後見人を…
身内は絶対だめよ
どんないい人でも
信用しちゃダメ
へー
幼稚園組は
聞くだけ→

幼稚園のママ達とは違うシビアな話が続き…
給料の管理も必要よ
大金は持たせないこと
この前も○○作業所近くの商業施設でまた障害者狩りがあってね…
障害者狩り!?

すごい話だったね…
うん…濃かった…
帰り道
明るくない現実も学習した

他にも支援学校卒業後に働く施設や生活するグループホームなどの見学に行く集まりもあった
参加したゆうくんママによると
実際働いている現場が見られたり給料や利用料とかお金の話が聞けて良かったたよ
資料見る?

軽度知的障害の子が通う学校の見学にも行かせてもらった
ここの学校の卒業生は一般企業の障害者雇用を目的として勉強していて授業の半分は職業訓練だという
こんにちは
ピシッ
こんにちはー
一般高校の子と変わらないなー

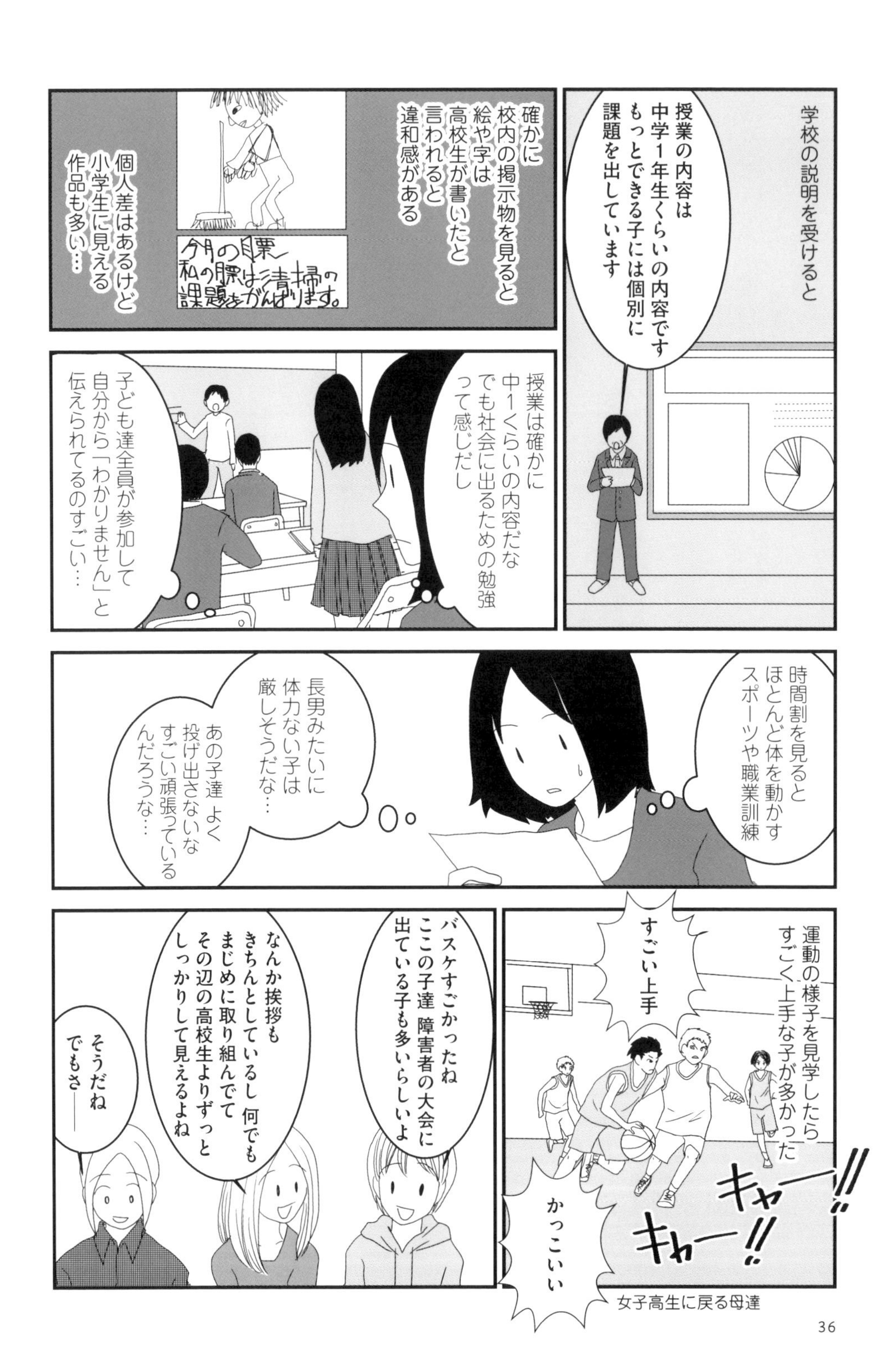
学校の説明を受けると
授業の内容は中学1年生くらいの内容ですもっとできる子には個別に課題を出しています
確かに校内の掲示物を見ると絵や字は高校生が書いたと言われると違和感がある
今月の目標 私の目標は清掃の課題をがんばります。
個人差はあるけど小学生に見える作品も多い…
授業は確かに中1くらいの内容だなでも社会に出るための勉強って感じだし
子ども達全員が参加して自分から「わかりません」と伝えられてるのすごい…
時間割を見るとほとんど体を動かすスポーツや職業訓練
長男みたいに体力ない子は厳しそうだな…
あの子達よく投げ出さないなすごい頑張っているんだろうな…
運動の様子を見学したらすごく上手な子が多かった
すごい上手
キャー!!
キャー!!
かっこいい
女子高生に戻る母達
バスケすごかったねここの子達 障害者の大会に出ている子も多いらしいよ
なんか挨拶もきちんとしているし 何でもまじめに取り組んでてその辺の高校生よりずっとしっかりして見えるよね
そうだねでもさ――

こういう決まり事が多くて
同じ作業を繰り返す環境は
頭がいい子は逆に
なじめないだろうね…
頭がいいと
要領良くさぼったりとか
いろいろ考えるからさ…
あー
そうだよねー
確かに…
生徒達が素直に
一生懸命頑張れるのは
元々そういう
特性があるから
なのかもしれない…

なんとなくだけど
将来の見通しがついた
うちの子は小学校は
支援学校ではないかも
将来 グループホーム
や作業所に行く
タイプの子達とは
違うのかも…

高学年のママ達のなかには
自分達で積極的に活動を
している方達もいた
障害児の会や
障害児の親の会を
開催し
相談や情報交換
集まって
イベントしたり
旅行へ行ったり
支援施設を作った
ママ達もいた

子ども達の将来のために
独自に動いている
保護者も多い
○○さん グループホーム
作りたいって話してた
私も福祉の資格取って
施設で働きたいな
このメンバーで
施設作っちゃえば？
看護師も介護師も
事務員もいるし
建築関係のパパも
多いし
アハハハハハハ
なんて話が
出たことも
あった

そしてある日
パパへの愚痴から
こんな話題になった
もー
昨日もそんな感じ
でさー
絶対 パパもグレーだよ
本当に発達って
遺伝するよね

この前も
こんなことがねー

それは今まで私も思っていたけど
誰にも話せないでいたことだった
タブーだと思っていたことだった
――でも

本当は話してみたい
ことだった
アハハー
わかる
うちは私かなー

うーん
うちは両親とも
喋ってるんだけどな
りゅう 喋らないいん
だよねー
うーん

何気ない会話だったけど

不思議と少しだけ
気持ちが軽くなった

こんなふうに話せる環境がいい…のかは
わからないけど

もう少し抱え込まずにいられる
環境だったら楽だな…

もちろん全部の家族が必ず
遺伝しているわけではないが
多いのも事実のようだ

義母が子どもと
似てるんだよねー

うちはパパがさー

うちは親戚にね…

子どものことで
自分の特性に気づき
なかには通院
投薬している人もいた

どの人も凸凹はあるけど
社会人として生活していた

この手の話を他の方からされると
もやもやすることもあるが

実際 凸凹の子どもを
育てている人から聞くと
素直に受け入れられた気がする

逆に失礼な
話ですが…

ママ達とは
卒業 転園後の進路は
バラバラになる
ことが多いが
今でも
時間を作っては集まり
ランチ会などをしている

心配していた
保護者との付き合いだけど
今では大切な財産だと思う

爪切り＝アイスの法則

宇宙のパワー

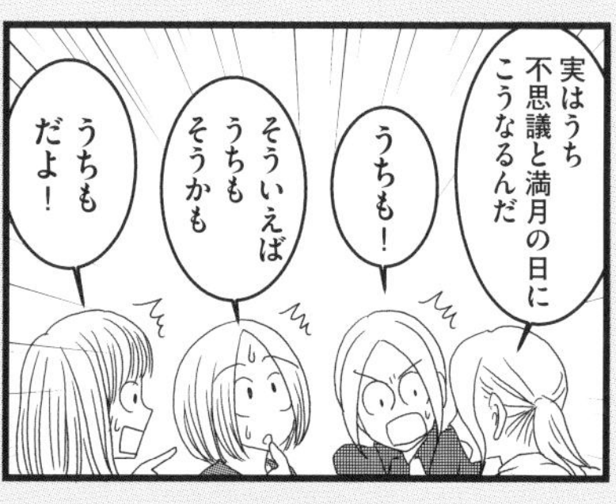

4話

「手帳」ってなんだろう？

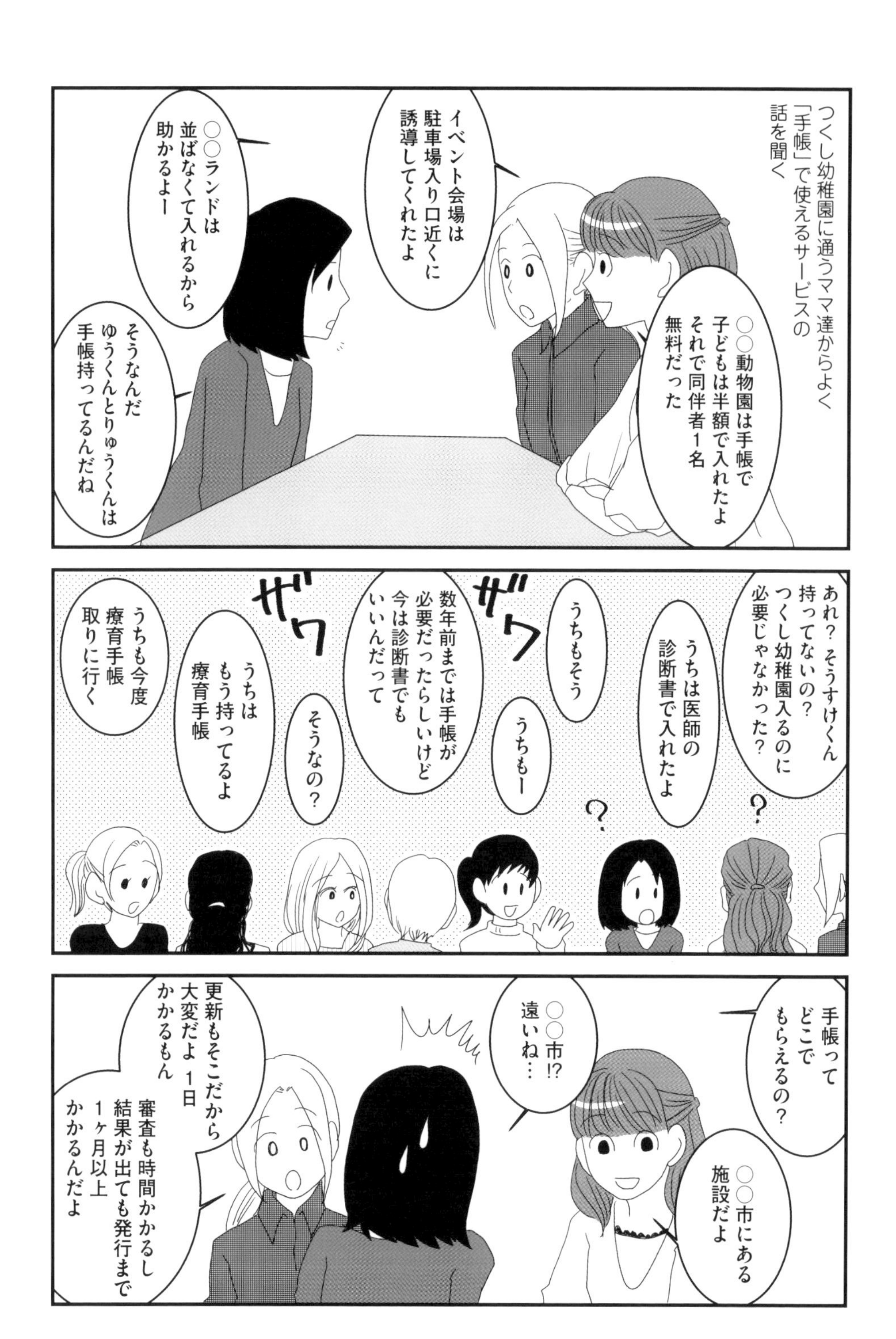
つくし幼稚園に通うママ達からよく「手帳」で使えるサービスの話を聞く
○○動物園は手帳で子どもは半額で入れたよ それで同伴者1名無料だった
イベント会場は駐車場入り口近くに誘導してくれたよ
○○ランドは並ばなくて入れるから助かるよー
そうなんだ ゆうくんとりゅうくんは手帳持ってるんだね
あれ? そうすけくん持ってないの? つくし幼稚園入るのに必要じゃなかった?
うちは医師の診断書で入れたよ
うちもそう
うちもー
ザワ
数年前までは手帳が必要だったらしいけど今は診断書でもいいんだって
ザワ
そうなの?
うちはもう持ってるよ 療育手帳
うちも今度療育手帳取りに行く
?
?
手帳ってどこでもらえるの?
○○市にある施設だよ
○○市!? 遠いね…
更新もそこだから大変だよ 1日かかるもん
審査も時間かかるし結果が出ても発行まで1ヶ月以上かかるんだよ

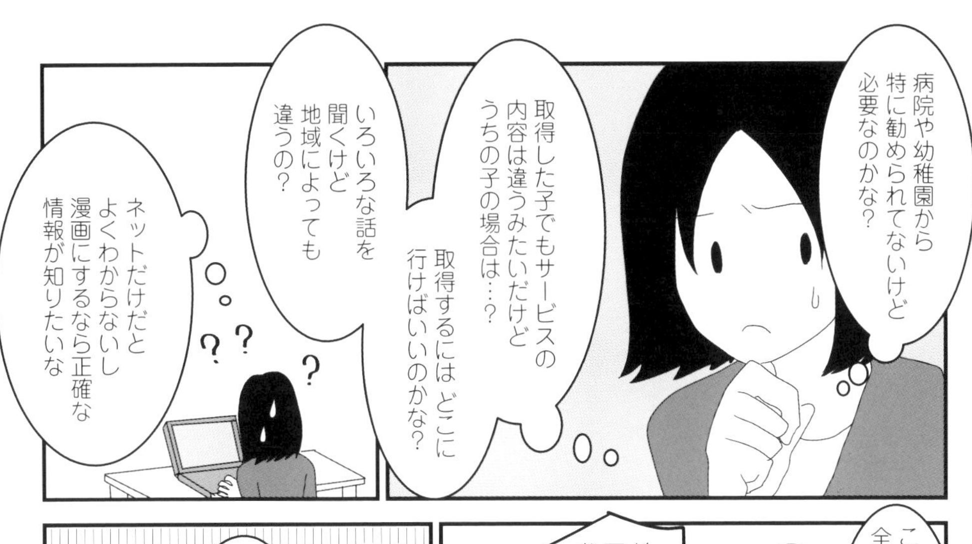
病院や幼稚園から特に勧められてないけど必要なのかな？
取得した子でもサービスの内容は違うみたいだけどうちの子の場合は…？
取得するには どこに行けばいいのかな？
いろいろな話を聞くけど地域によっても違うの？
ネットだけだとよくわからないし漫画にするなら正確な情報が知りたいな

この際 地元だけじゃなくて全国的な情報も知りたい！
誰か お話が聞けそうな方…
そうだ「発達ナビ」さんにお願いしてみよう!!
いやでも厚かましい？
「発達ナビ」さんは、
発達が気になる子どもの親向けポータルサイト。
全国の支援情報を掲載していて、
私も少しですが記事を書かせていただきました

と思いましたが思い切ってお願いしたら
いいですよー
お受けしてくださったので遠慮なく質問させていただきました
鈴木編集長

まず発達障害者や発達障害児が取得できる手帳にはどのようなものがあるのでしょうか？
条件に該当すれば
「療育手帳」
「精神障害者保健福祉手帳」
が発行されることが通常です
実際はメールでお返事いただいたのですが、
対談形式で漫画にしてみました

療育手帳とは

知的障害があるために日常生活に支障がある方に適切な支援をすることを目的として作られました

どこで取得できるの？	児童相談所または知的障害者更生相談所で取得できます 都道府県知事または指定都市市長が交付します
“愛の手帳”とは違うの？	療育手帳の呼び方は自治体によって異なります 東京都や横浜市では“愛の手帳” 埼玉県やさいたま市では“みどりの手帳”と呼ばれています
どうやって判定するの？	障害の程度はIQや日常生活動作などを総合的に判断して認定されます ただし認定区分や基準は自治体により若干異なります

知的障害者のための手帳なんだ

アスペルガーの子は知的に問題がないから取得できなかったって話を以前聞いたな…

自治体によって区分や名称も違うんだ

精神障害者保健福祉手帳とは

精神疾患により長期にわたり日常生活または社会生活への制約がある方の社会復帰や自立を支援することを目的として作られました

どういう人が取得できるの？

精神疾患があるために生活に支障がある方が取得できます
都道府県知事または指定都市市長が交付します

対象となる精神疾患とは？

- 統合失調症
- うつ病、そううつ病などの気分障害
- てんかん
- 薬物やアルコールによる急性中毒またはその依存症
- 高次脳機能障害
- 発達障害（自閉症、学習障害、注意欠陥多動性障害など）
- その他の精神疾患（ストレス関連障害など）

ここに発達障害が入ってくるんだ でもこっちを持っている子の話はあまり聞かないな…

あと2次障害の場合もここかな

他にも「身体障害者手帳」がありますが今回は勝手ながら説明を省かせていただきます すみません

発達障害以外に肢体不自由などがある重複障害の方はこちらも関係してくるようです

詳しくは自治体の福祉担当窓口にお問い合わせください

同じ発達障害でも違うんだな…

でもIQだけで判断すると支援から漏れてしまう人もいるんじゃないかな？

もちろん税金から支払われるのだろうから審査が甘くても困るけど…

長男の場合は知的には問題ないって言われたから療育手帳は発行されないのかな？

そうすると取得できるとしたら精神障害者保健福祉手帳ってことだよね

「療育」じゃなくて「精神」か…何だろう…

精神障害の方を差別するわけではないけど…ちょっと気が重いかも…

本当に必要なら
取得したいけど
どんなメリットが
あるのかな？
ママ達からは施設の割引や優遇
公共の乗り物の割引
福祉施設を利用する時に手帳があれば
「医師の診断書」がいらないので
手続きがしやすいと聞くけど…
ZOO

取得したら
金銭面の補助など
はありますか？
はい
ありますよ
手帳を取得することによって
受けられるサービスは…
精神障害者保健福祉手帳
国税・地方税の
諸控除および減免
公共施設利用料の減免
公営住宅の優先入居 など

療育手帳
特別児童扶養手当の支給
国税・地方税の諸控除および減免
公共施設利用料の減免
各種交通機関の運賃割引
公営住宅の優先入居 など
療育手帳のほうが
サービスが多いんだ
だから長男の友達も
こっちを持っている
のか
特別児童扶養手当
って何ですか？

「特別児童扶養手当」とは障害のある子どもを対象に
その保護者や養育者へ給付される扶養手当です

特別児童扶養手当の支払金額は
支給が対象となる児童の障害の
程度によって決定します

誰かの補助がないと
生活することのできないような
重度の障害がある→1級
支給対象児童1人につき月額51,500円

そして何らかの社会の支援を
必要とする中度の障害がある→2級
支給対象児童1人につき月額34,300円

（2017年5月現在）

この制度で
お金が給付されるんだ

ちなみにこの
「特別児童扶養手当」は
手帳がなくても
取得できるそうです

なので精神疾患の場合でも
取得できますが
認定基準が手帳とは別です

また障害のある子ども
全員が受け取れるわけでは
ありません

長男の場合は申請しても
受け取れない確率が
高そう…

うーん…

もし
手帳を取得するとしたら
福祉施設の利用目的に
なるけど

もう幼稚園は
利用しているし
今は必要ないかな…

知的障害の判定を受けるための
予約を取ります

18歳未満の場合は児童相談所で
18歳以上の場合は
知的障害者更生相談所での
判定となります

東京都の場合
18歳未満の方は児童相談所
18歳以上の方は
東京都心身障害者福祉センター
または多摩支所での判定となります

必要な書類を揃えたら面接をして
聞き取り調査を中心とした
判定を行います

判定には本人に加え
家族の方などご本人の
小さい頃の様子を説明できる方が
同行する必要があります

該当するような人がいない場合は
当時の情報を集め
福祉事務所などの担当者が
判定に立ち会う場合があります

18歳以上の場合は
手帳を取得することに
同意している必要があります
十分話し合ったうえで
判定に臨みましょう

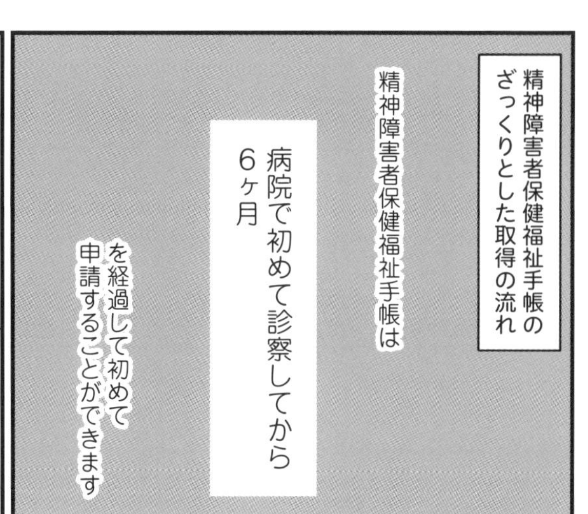

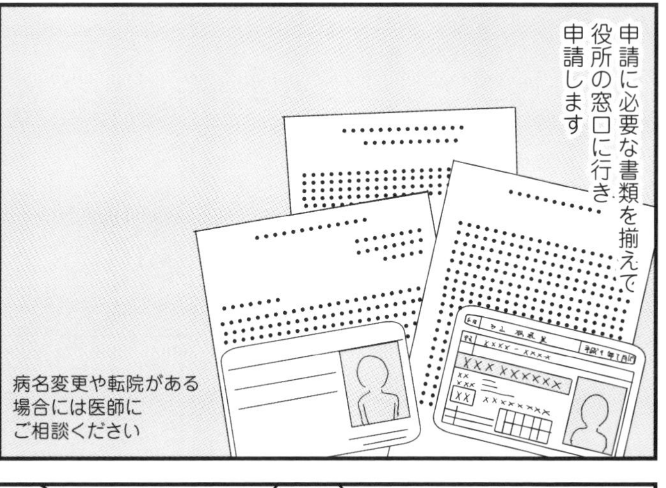

手帳を受けとることで
進学に影響するとか 何かを
制限させるとかあるのかな?

でも以前 リハの先生に

手帳や
特別児童扶養手当のことは
小学校などに報告の義務は
ないんですよー

って聞いたし

長男のお友達の進学の時も

教育委員会の人達
うちの子が
診断されているのも
手帳取得しているのも
知らなかったよ
同じ自治体なのにね

って話してたから
その辺は心配いらない
のかな…?

結局
デメリットはないのかな…？
そうすけくんママ
お疲れー
はるくんママ
はるくん 今日
幼稚園休みだったね
体調悪いの？
違うよー
今日は療育手帳の
審査に行ってたの
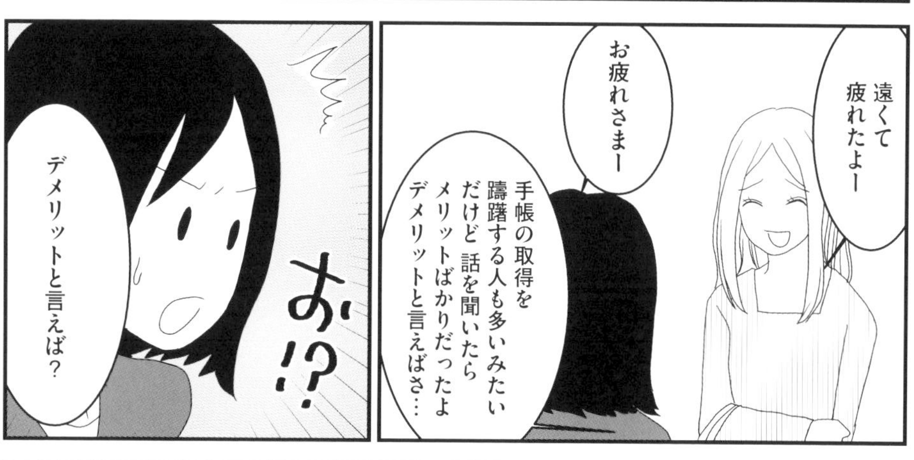
遠くて
疲れたよー
お疲れさまー
手帳の取得を
躊躇する人も多いみたい
だけど 話を聞いたら
メリットばかりだったよ
デメリットと言えばさ…
お!?
デメリットと言えば？

自分の子どもが
障害児と
認められたってことを
親が受け止める気持ち
くらいじゃないかな

確かに私も
「精神障害」の手帳には
正直 抵抗があった…
もう支援の幼稚園に通ってるし
療育も受けているけどさ…

それだけだよ
なるほどー

でもメリットは
いっぱいだし
必要なくなれば
返すこともできるんだよ
私は
申請して良かったと
思っているよ
なるほど
そうなんだ

また明日ねー
ありがとう
また明日ー

受け入れる
気持ちか…
知識としては少し
学んだつもり
だけど
私はどこまで
受け入れられて
いるのかな…

補足
今回 手帳のお話は 我が家の長男が取得する場合の視点で書かせていただきましたが発達障害の大人の方や障害を持った児童が利用できる制度は他にもいろいろあります
そうすけ 3歳
言語、運動に発達の遅れが見られる
知的には遅れはない
発語はあり、言葉でのコミュニケーションもできる
食事は自立
トイレは一部介助
例えば金銭面の支援だと
・障害児福祉手当
・特別障害者手当
・障害年金 など
こちらもすべての方が受け取れませんが
大人の発達障害当事者で障害者雇用枠で働きたい場合にも手帳が必要になってきます
ですが詳しいことはここでは書ききれません
今回書かせていただいた内容も自治体によって違ったり制度が変更したりして支援の内容が変わることもあります
ですので 何度も同じことを言ってしまいますが詳しくはお住まいの自治体に問い合わせてみてください
また今回ご協力いただいた発達ナビさんのサイト内でも詳しくまとめた記事が掲載されています
支援が必要な方に届くことを願います
LITALICO（りたりこ）発達ナビ
https://h-navi.jp/

カニ好き１

長男は甲殻類が大好き
特に好きなのがカニ

苦手なダンスもカニの力を借りてやっている
カニになってやってみようよ
しぶしぶ
…うん

ママこの写真見てー
私発見しちゃった
え？
緊張した時そうすけくん毎回…

手がこっそりカニになってるの
お友達ママには前世は甲殻類と言われています
↑運動会練習の写真

カニ好き２

園の先輩がカニを捕まえて持ってきてくれた
そうすけあげる
飼うー

本でカニの飼育を予習
カニはうどんやごはんも食べるんだねー
カニ
そうすけくんそろそろ
給食の時間だね

あれ？
そうすけくん食べないの？
好きなうどんだよー

カニにあげるから食べない
家族やお友達には絶対くれません

5話

次男の発達と課題

長男の入園から数ヶ月後
次男あゆむの
1歳半健診の日が来た

1歳半の次男はこんな感じ
発語はない
歩行は安定したが
よちよちした
歩き方
指示は通じないことも多いが
それなりにコミュニケーションは取れる
癇癪は少なくおとなしめ
よち
よち

長男が1歳半健診した
場所とは違う場所だけど
長男の時みたいに
また発達の遅れを指摘
されるんだろうな…
と思って会場に入ったら

会場はとても
にぎやか
だった
ガヤガヤ
キャー
ドタドタ
みるみる
あ゛ー
あ゛ーん
やだー
あうー
あー

走り回る子 歩き回る子
泣きわめく子
おもちゃを取り合う子
ほとんどの子が
椅子に座っていなかった
わーん
ポイ
ポイ
長男の時は座って
おとなしく
本を読んでいる子が
多かったけど…

言葉を話せる子も
少ないように感じた
あーあー
ちゃー
やー
長男の時は会話が
しっかりしている子が
多かったけどな
落ち着きに関しては
田舎の家は戸建てが多いのも
関係ある？
走り回ったり大声出しても
注意されることが少ないから
のびのびしているって
都会から引っ越してきた
ママに聞いたことあるな
地域差なのかな？
たまたまなのかな？

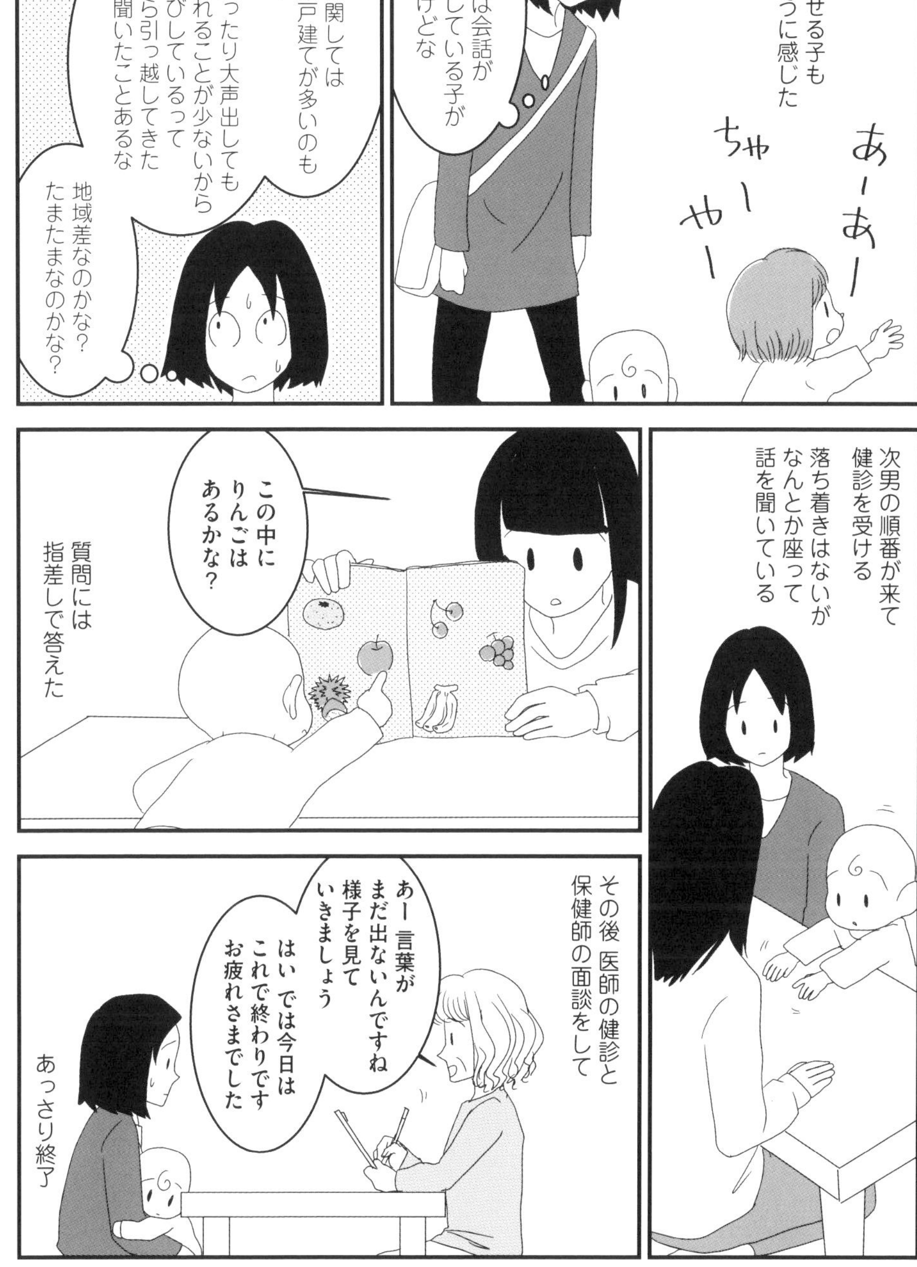
次男の順番が来て
健診を受ける
落ち着きはないが
なんとか座って
話を聞いている
この中に
りんごは
あるかな？
質問には
指差しで答えた
その後 医師の健診と
保健師の面談をして
あー 言葉が
まだ出ないんですね
様子を見て
いきましょう
はい では今日は
これで終わりです
お疲れさまでした
あっさり終了

長男より発語が遅いし
寝返りも歩くのも
遅かったけど
何も言われなかった…
まあ言われないなら
良かった…よね？
良かったのか…？

その後 2歳になって1歳の頃
発達の遅れを指摘されて通っていた
発達外来の定期健診に行くと…
その後
どんな様子
ですか？

2語文を話して言葉も
だいぶつながりました
指差しもよくしています
あと運動面は走れるように
なりました
え？
そんなに喋るの⁉
走れるの⁉
すごいねー

2歳でそれだけできれば
心配ないでしょう
もう来なくて
大丈夫ですよ
え？
あとは市の健診で
様子見てください
何か指摘されたら
また来てください
ハハハ

長男もこの時期
これくらい話していたし
走っていたけどな…
自傷や癇癪はないから
生活で困ることは
少ないけど…
なんかちょっと
モヤモヤ
する…

ゆっくりな成長だけど次男は定型発達ってことなのかな?
境界線がよくわからないけど
専門の先生が言うのだしなんだか少し安心した

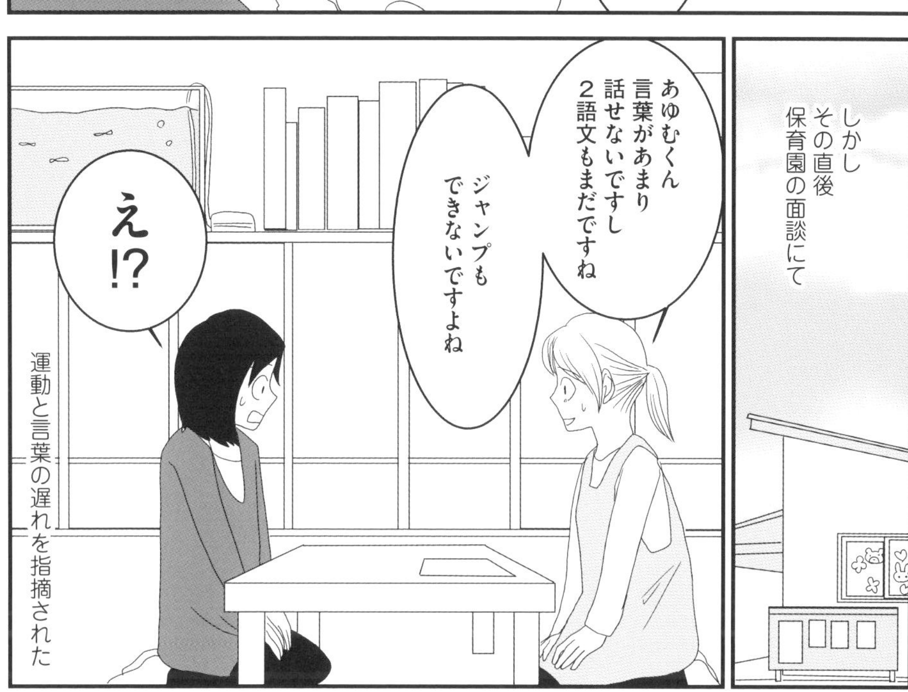
しかし その直後 保育園の面談にて
あゆむくん 言葉があまり話せないですし 2語文もまだですね
ジャンプも できないですよね
え!?
運動と言葉の遅れを指摘された

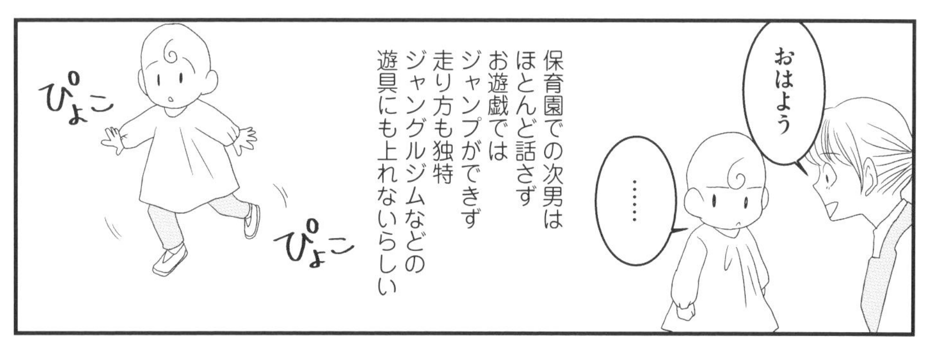
おはよう
……
保育園での次男は ほとんど話さず お遊戯では ジャンプができず 走り方も独特 ジャングルジムなどの 遊具にも上れないらしい
ぴょこ
ぴょこ

自分から
要求することもなく
指示も通らないことが多く
ただ一人で
ボーーーッ
として
過ごしているらしい

それは
心配されるわ…

送り迎えの時も次男が先生に
挨拶したことはなかったな…
あゆむくん
さようならー
……
園の門を出ると
喋り始めるんだけど…
ぱっ
おかーさん
今日 ごはん何？

グズグズする子でも
親から離れると
元気に活動を始める子も多いって
聞いたから
それなりに楽しんでるんだと
思っていたけど…
言葉も出せないほど
苦手な環境だったのかな…

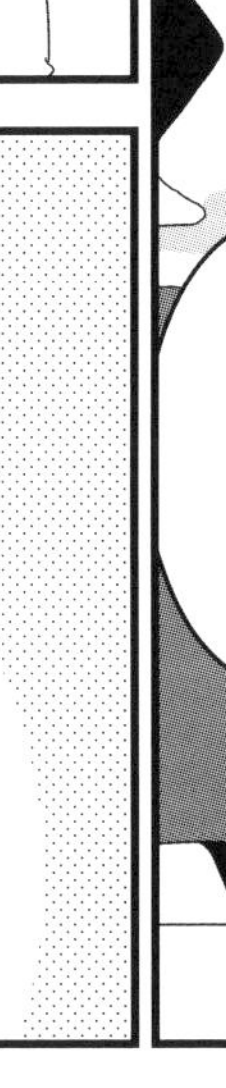

長男の幼稚園の件で
いっぱいいっぱいで
次男のこと
おろそかにして
しまったかも…
ごめん
あゆむ…

しかしこの頃の次男は
家ではとても活発だった
要求もよくする
おかーさん
お菓子
ちょうだい
あいすたべたいー
チューチュー
アイスー
保育園で覚えた
歌を歌い
室内用の
ジャングルジムは
一人で天辺まで
上れるし
鉄棒に数分掴まって
遊んでいたりする

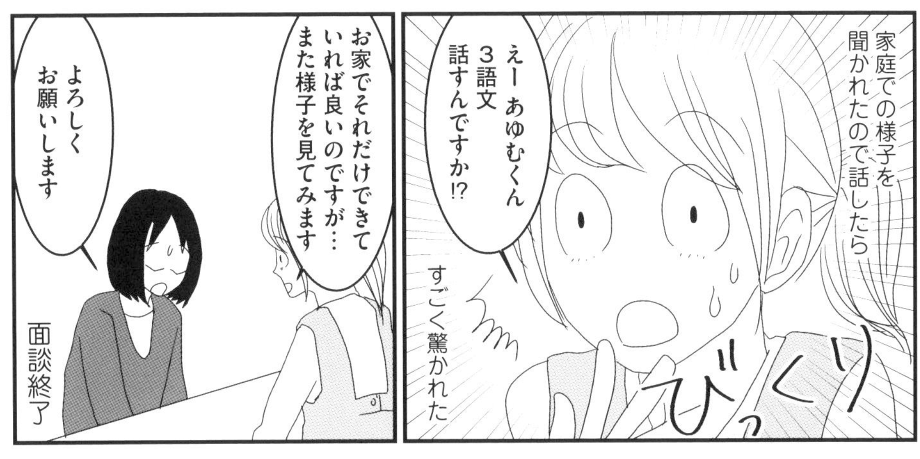
家庭での様子を
聞かれたので話したら
えー あゆむくん
3語文
話すんですか!?
すごく驚かれた
びっくり
お家でそれだけできて
いれば良いのですが…
また様子を見てみます
よろしく
お願いします
面談終了

これはどこかに
相談すべきなのかな?
最近の次男は長男より
日本語の組み立て方が
上手だし
比べるのも良くないけど
ちょーだい
何を?
はさみだよ
ちょーだいはさみ
おかあさん
おかあさん
はさみちょうだい

体幹も長男みたいに
弱くなさそうだし
ぐにゃ
ピシッ
長男と違って
握力もちゃんとある

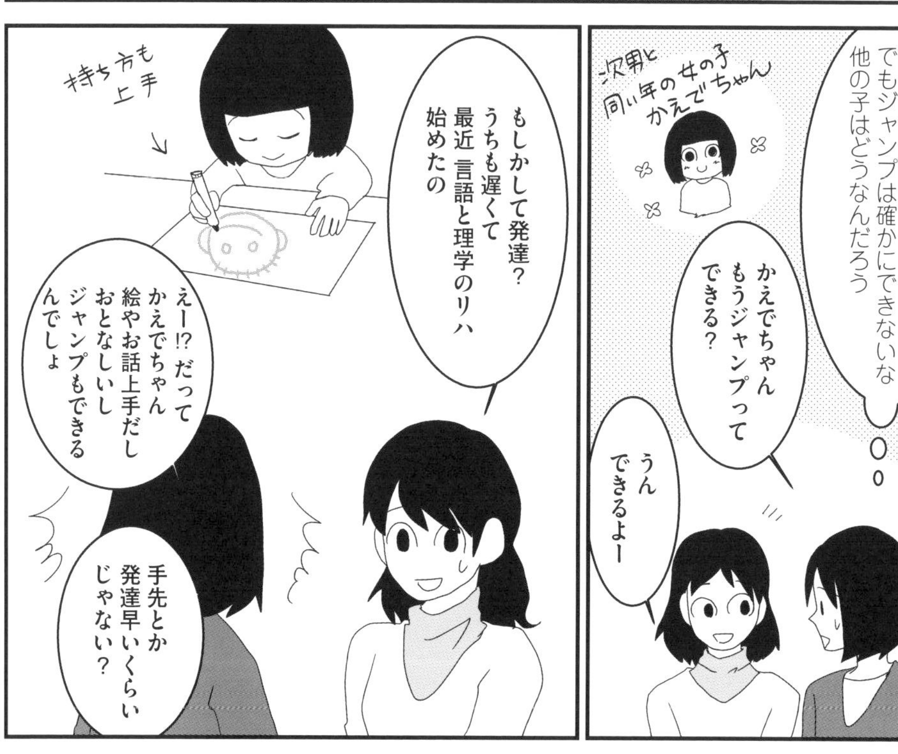
でもジャンプは確かにできないな
他の子はどうなんだろう
次男と
同い年の女の子
かえでちゃん
かえでちゃん
もうジャンプって
できる？
うん
できるよー
もしかして発達？
うちも遅くて
最近 言語と理学のリハ
始めたの
持ち方も
上手
えー!? だって
かえでちゃん
絵やお話上手だし
おとなしいし
ジャンプもできる
んでしょ
手先とか
発達早いくらい
じゃない？

それでも他の子より
遅いところが多くて
保育園で指摘されたから
通いだしたんだ
走り方は赤ちゃんみたい
だしさ
そうなの!?
かえでちゃんが
リハ通うのなら
うちの子も行ったほうが
いいのかな…??

長男がリハビリを受けている病院で
次男がアレルギーをずっと
診てもらっていたので
健診の時に
少し相談してみた
実は
保育園で…
そうなんですか
じゃあ今 検査して
みましょう

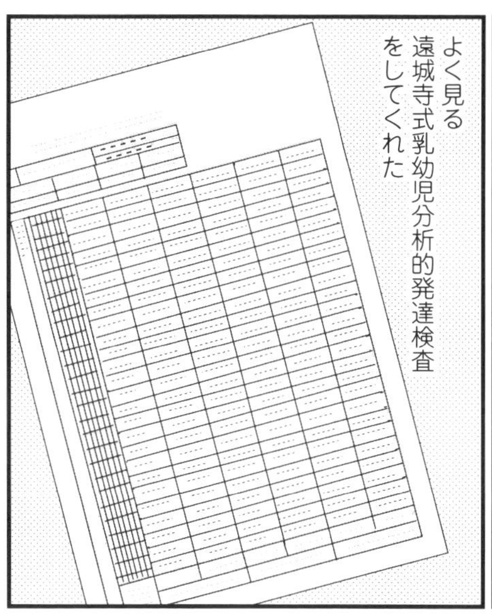
よく見る
遠城寺式乳幼児分析的発達検査
をしてくれた

うーん
家での様子を聞くと
ジャンプが
できないこと以外は
ほぼ年齢相応の発達
ですね
でも保育園での様子も
気になりますね
一度リハビリの先生に
診てもらってもいいかも
しれませんね

そうしてリハへ
まず1歳の頃お世話になった
理学の先生
あゆむくん
久しぶり
覚えてる?
?

動きを
見てもらった
うんうん
なるほどね
ぴょこ
ぴょこ

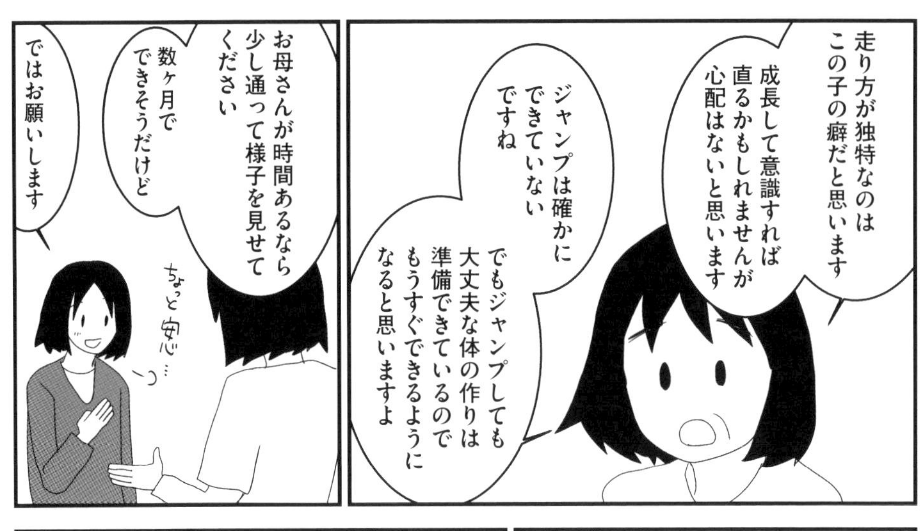
走り方が独特なのはこの子の癖だと思います
成長して意識すれば直るかもしれませんが心配はないと思います
ジャンプは確かにできていないですね
でもジャンプしても大丈夫な体の作りは準備できているのでもうすぐできるようになると思いますよ
お母さんが時間あるなら少し通って様子を見せてください
数ヶ月でできそうだけど
ちょっと安心…
ではお願いします

次に言語おもちゃやカードで言葉を引き出し様子を見てくれた
あゆむくんこれ何？
魚だよ
水族館いる
家族以外の人と普通に会話してる…
言葉の発達には問題なさそうですね
でも特定の場所で言葉が出ないのは心配ですね 保育園で過ごしやすくなるお手伝いはできると思います
そういう支援もあるのか

お願いします
あとあゆむも幼稚園の年齢になったらつくし幼稚園へ行ったほうが良いのでしょうか？
うーんあゆむくんはそういうタイプじゃないと思いますよ…

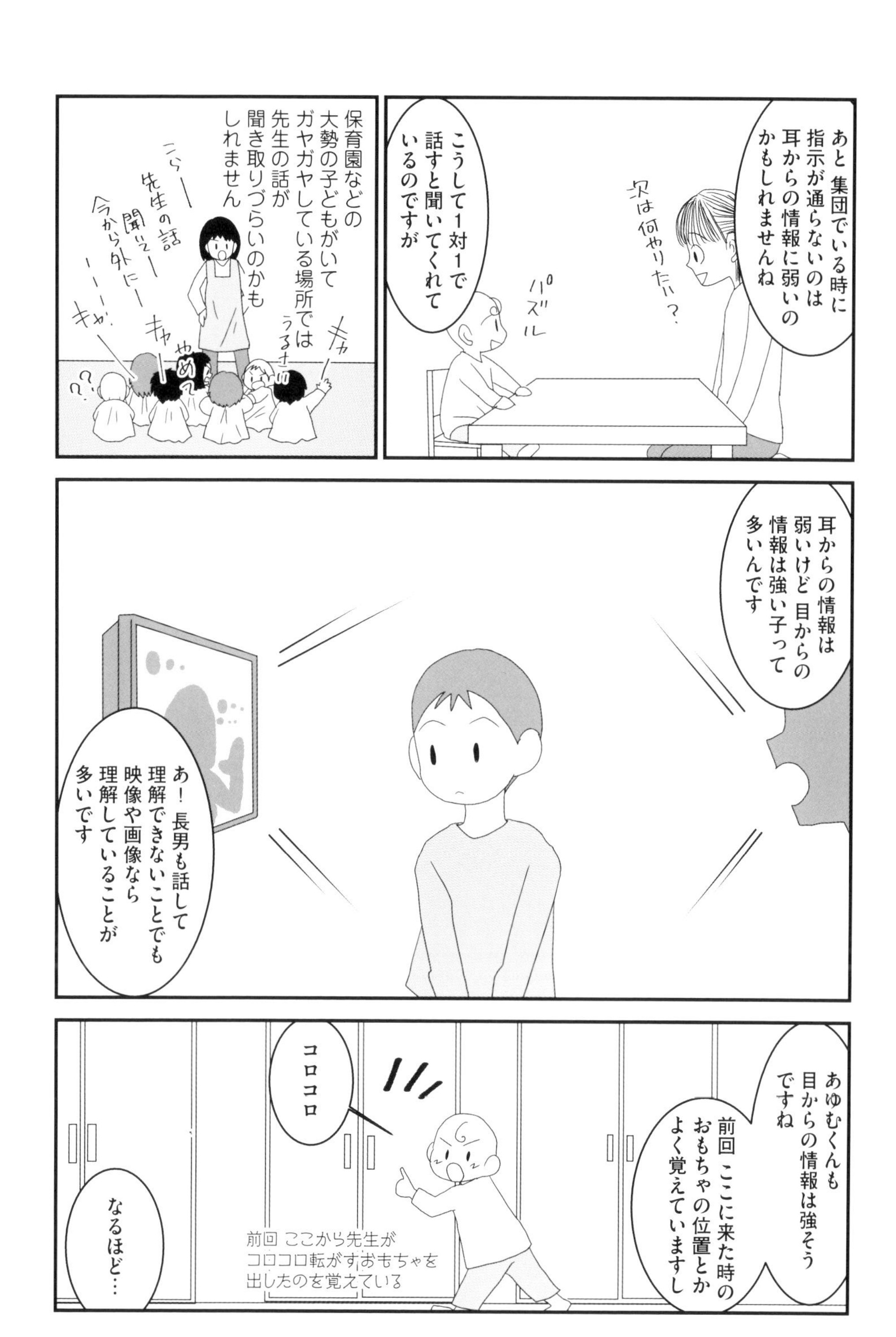
あと 集団でいる時に
指示が通らないのは
耳からの情報に弱いの
かもしれませんね
次は何やりたい？
パズル
こうして1対1で
話すと聞いてくれて
いるのですが
保育園などの
大勢の子どもがいて
ガヤガヤしている場所では
先生の話が
聞き取りづらいのかも
しれません
こら－
先生の話
聞いて－
今から外に－
キャー
うるさい
キャ
やめて
キャ
??
耳からの情報は
弱いけど 目からの
情報は強い子って
多いんです
あ！ 長男も話して
理解できないことでも
映像や画像なら
理解していることが
多いです
あゆむくんも
目からの情報は強そう
ですね
前回 ここに来た時の
おもちゃの位置とか
よく覚えていますし
コロコロ
前回 ここから先生が
コロコロ転がすおもちゃを
出したのを覚えている
なるほど…

次の定期健診で
主治医の先生には
こう言われた
あゆむくんは
定型の範囲内ですが
白ではない
と思うんです

白が定型発達
黒が障害のある子だとすると
白に近いグレーなのだと
思います

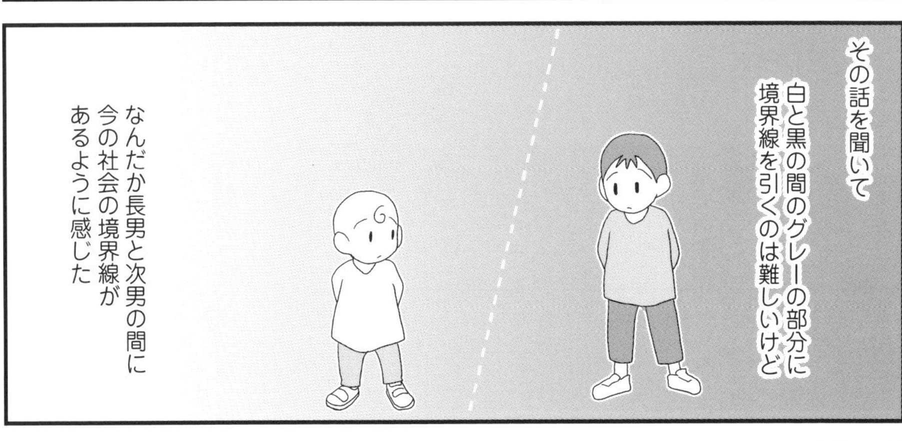
その話を聞いて
白と黒の間のグレーの部分に
境界線を引くのは難しいけど
なんだか長男と次男の間に
今の社会の境界線が
あるように感じた

その後 次男は
保育園では相変わらずだが
長男の幼稚園に遊びに行くと
まい先生
この本読んで
自分の担任の名前は
言わないのに

りゅうくん
こんにちはー
自分のクラスの子の
名前なんて一人も
言えないのに…
よく話し
積極的に
行動している

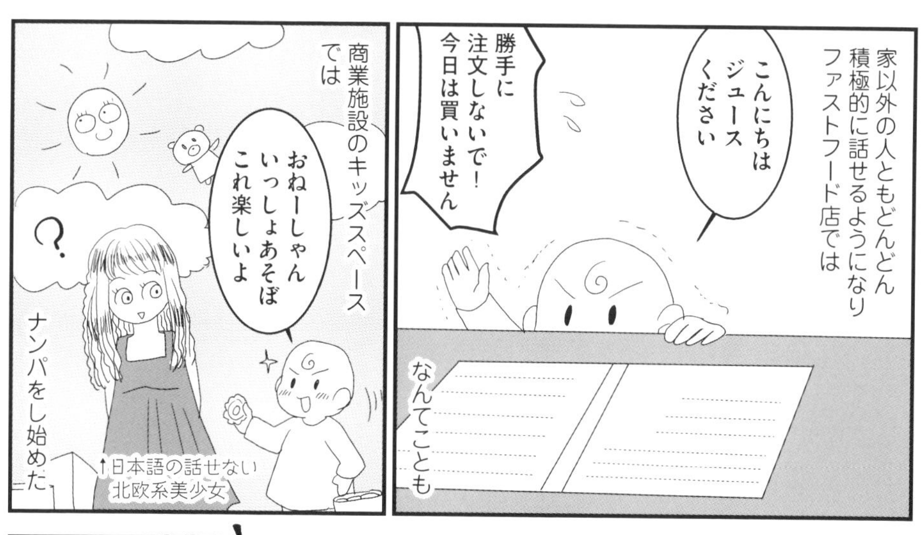
家以外の人ともどんどん積極的に話せるようになりファストフード店では
こんにちはジュースください
勝手に注文しないで！今日は買いません
なんてことも
商業施設のキッズスペースでは
おねーしゃんいっしょあそぼこれ楽しいよ
?
↑日本語の話せない北欧系美少女
ナンパをし始めた

ジャンプはなかなかできないが…
あゆむくんてジャンプできたらず――っと飛んでそうなタイプですね
あーわかりますず――っと飛んでる子いますよね
ぴょん
ぴょん
ぴょん
あひゃひゃ
ひゃ
ぴょ～ん
?
もう少しで飛べそう

保育園でまだ挨拶できないがお友達とは話をするようになったらしい
あゆちゃんケーキ作ったのいっしょに食べよ
ありがとー

少しずつだけど成長しているようだ
長男とはまた違う次男の個性がちょっと心配でありでも楽しみだ

怒り方の違い

長男の怒り方はとても豪快だった
ぎゃあああ
ゔあ゛あ゛あ゛あ゛
そして一度怒るとなかなか収まらない

次男の場合は
おせんべちょーだい
あげないよ さっき食べたでしょ

ちょっと低い声↓
たべる
ガオー
→自分が怖いライオンの声で威嚇
↑ほっぺを膨らませちょっと口がとがる

同じ頃の長男よりなんて穏やかな怒り方なんだろう…
かわいい…でも
食べないよ
たべないじゃないっ

発音

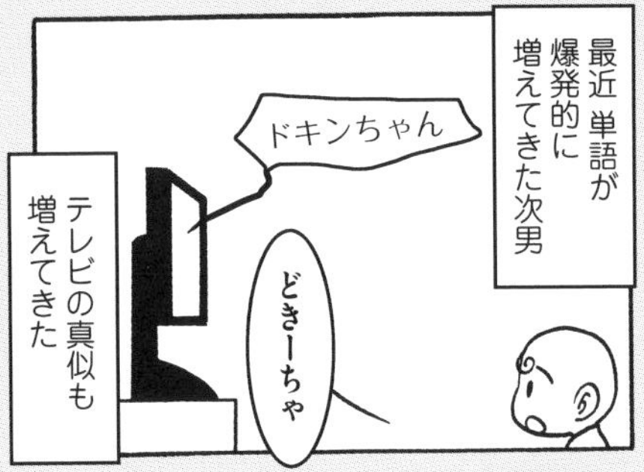

最近単語が爆発的に増えてきた次男
ドキンちゃん
どきーちゃ
テレビの真似も増えてきた

ジャイアーン
じゃいぁん…
まだはっきり言えなくてかわいい…
NOAH
(CM)

NOAH

なんかノアだけ発音がいい?
NOAH

6話

目で見た物の食感がわかるって変？

ある日 児童館にて
あー
あむ あむ
それ
口に入れちゃダメ
赤ちゃんて
何でも口に
入れるよね
そうだよね

だから大人になっても
見ただけで何でも
食感がわかるのかなー
赤ちゃんの頃の記憶が
蘇るみたいな？

え？
あ…
また何か変なこと
言っちゃったかな
なーんて…
あはは…

実は私は昔から
目で見た物の食感が
わかるのです
え？ これ
他の人は
違うの??

不思議に思って
帰宅後に調べてみたら
こんな言葉が出てきた
カタカタ

共感覚

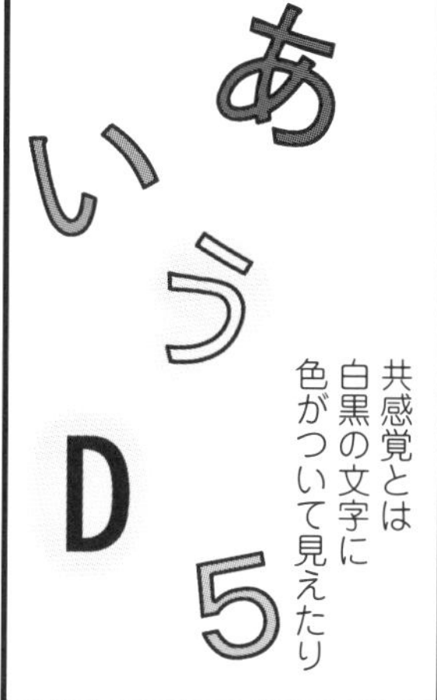
あ
い
う
D
5
共感覚とは
白黒の文字に
色がついて見えたり

音が形になって
見えたり
おー

人に色が見えたりする
感覚のこと

この共感覚の例の中に
目で見た人を触ったように
感じる人の話があった
見られたほうからしたら
なんか嫌な感じだけど…
もしかしたら
これなのかな??
発達障害の当事者で
共感覚のある人の
話もいくつかある…

私の場合
見た物の味や匂いは
感じずに
食感だけを感じる
たとえば
チラシを見ると
その写真の食べ物の食感が
口の中に勝手に入ってくる
このパン
パサパサする

動物は
毛深くてべたつくので
嫌な感じ
モフ
モフ
でも
吐き気がするほどではない

ガリ
ゴツ
入ってきた物は物によって
噛み砕いたり
口の中で転がしたりできる
でも口は
動かない

果物だと果汁が広がるし
ジュワ〜
シールだと舌に絡まる
べん
べん
モゴ
モゴ

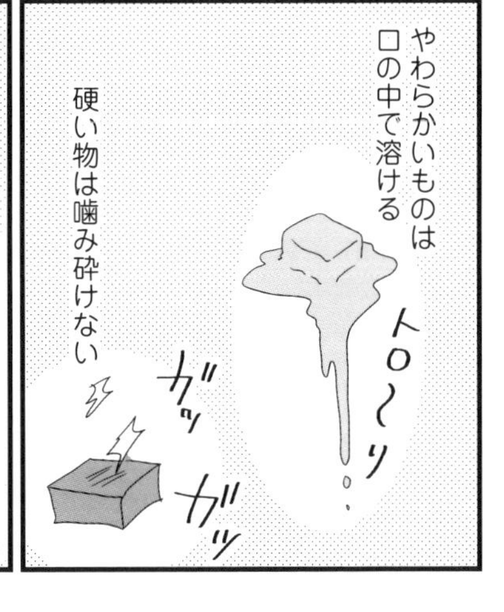
やわらかいものは
口の中で溶ける
トロ〜リ
硬い物は噛み砕けない
ガッ
ガッ

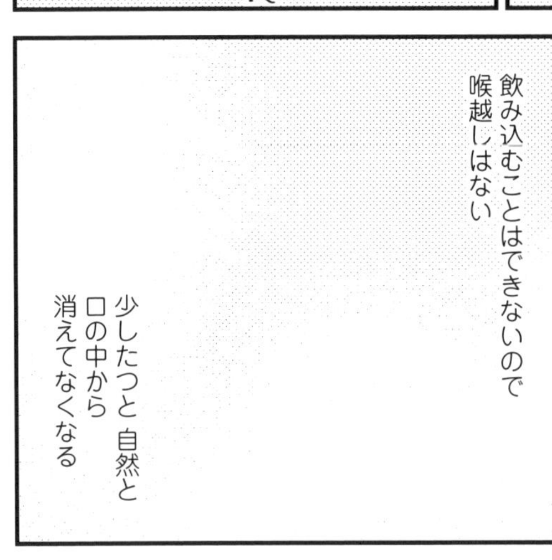
飲み込むことはできないので
喉越しはない
少したつと 自然と
口の中から
消えてなくなる

時には
文字やイラストも口の中に
入ってくることがある
サク
おはようございます
サク
チク
こんにちは
カチ
こんばんは
チク
カチ
印刷された
黒い文字などは入りやすい
金属のように口に刺さる
硬い文字もあれば
シャー芯のようにスカスカで
ポキポキ折れる文字もある

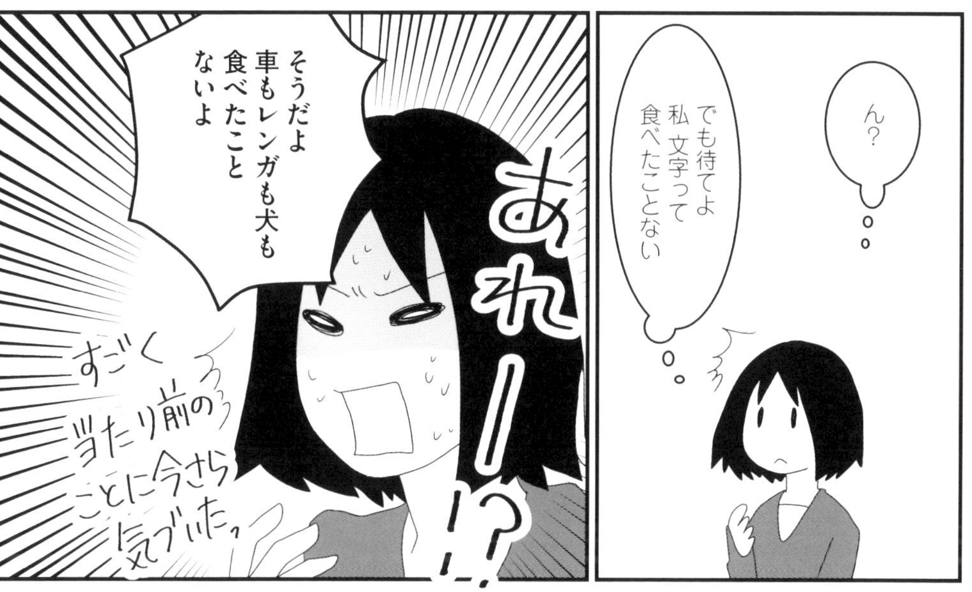
ん？
でも待てよ
私 文字って
食べたことない
あれ！！？
そうだよ
車もレンガも犬も
食べたこと
ないよ
すごく
当たり前の
ことに今さら
気づいた

今までは
一度経験した記憶が
蘇っていると
考えていたけど
違うんだ
水筒
昔口に入れた
記憶
カジ
カジ

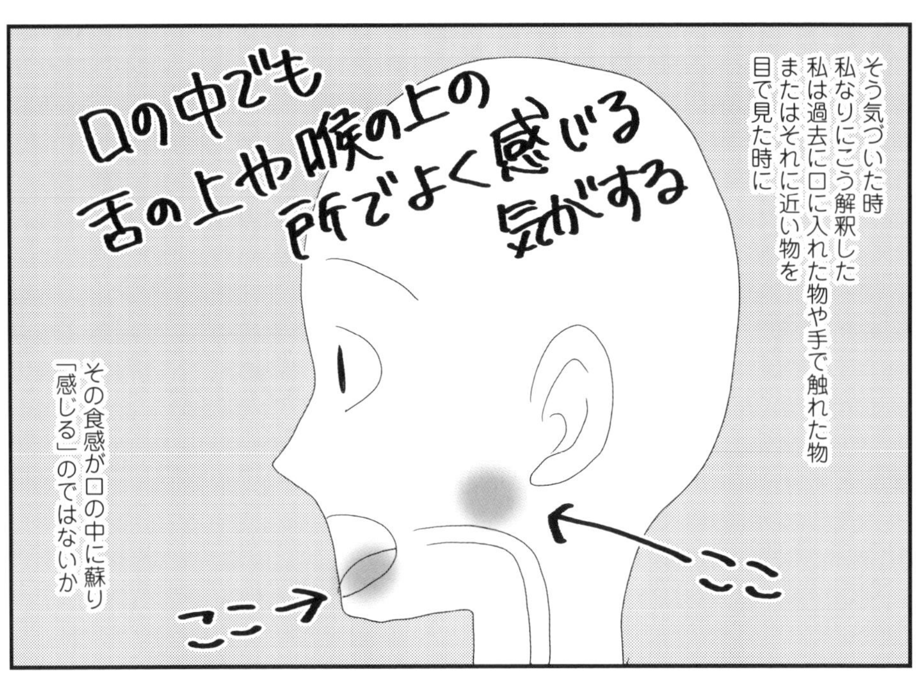
そう気づいた時
私なりにこう解釈した
私は過去に口に入れた物や手で触れた物
またはそれに近い物を
目で見た時に
口の中でも
舌の上や喉の上の
所でよく感じる
気がする
その食感が口の中に蘇り
「感じる」のではないか
ここ
ここ

特にお腹がすくと
口の中に入りやすい
ぐー
今昆虫とか
見ないように
しよう…

あとは同じ感情になると
喉の奥に同じ形を
感じることもある
どう言えば
いいんだ
あぁ 文字にすると
めちゃくちゃ
意味不明…
すみません

たとえば
ある感情になると
こんな形をよく
喉のあたりに感じる
何かの一部?
プラスチックの
ような素材

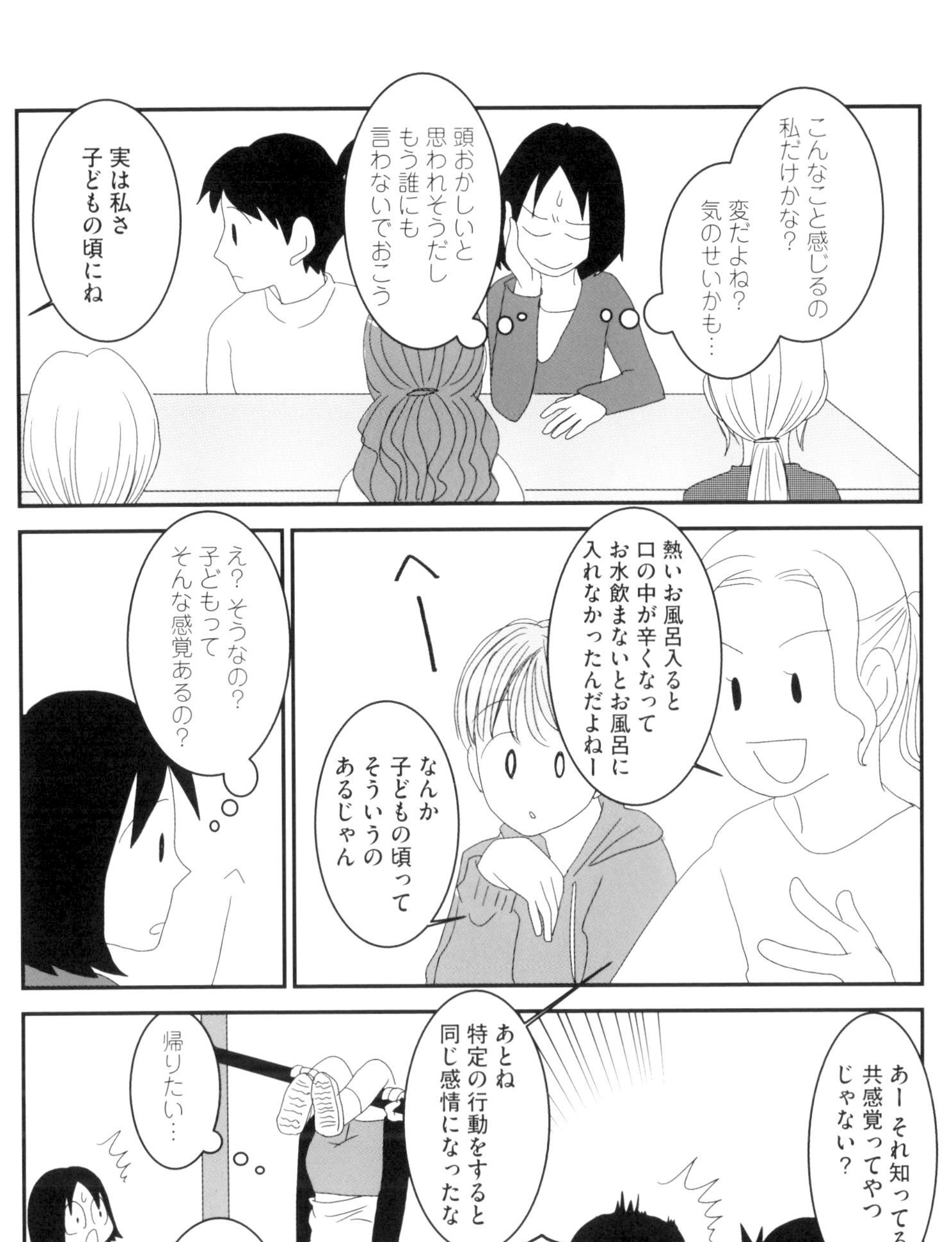
こんなこと感じるの私だけかな？
変だよね？気のせいかも…
頭おかしいと思われそうだしもう誰にも言わないでおこう
実は私さ子どもの頃にね
熱いお風呂入ると口の中が辛くなってお水飲まないとお風呂に入れなかったんだよねー
へー
なんか子どもの頃ってそういうのあるじゃん
え？そうなの？子どもってそんな感覚あるの？

あー それ知ってる共感覚ってやつじゃない？
あとね特定の行動をすると同じ感情になったな
帰りたい…
そうなの!?こんなに簡単に話せる話題だったの!?
え!?
鉄棒でさかさまになるとなぜか家に帰りたくなるの
ブラーン
すごい！私より具体的

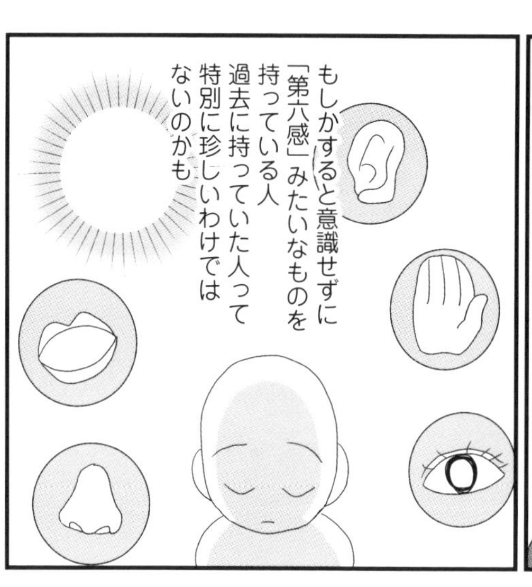

不快に思わなければ
深く考えることもないし

意識したとしても
具体的に言葉にしづらい

たとえ言語化できても
すべての人が共有できる
感覚ではないから
伝えるのが難しい

すべての人が持っている
感覚ではないから
一つ一つの感覚に
名前もついてない

私のこの感覚が
共感覚なのかはわからない
でも他の人の話を聞いたら
なんだか面白かった
もっと色々
聞きたいな
わくわく
もしかしたら世の中には
私達の知らない不快な感覚とか
楽しい感覚や
安らげる感覚を
知っている人も
いるのだろうか？
案外 自分の物差しで
測れないことって
多いのかもしれない
共感覚――
みなさんはどう思われますか？
ちなみに
私は初めて共感覚を知った時
ゴオオオ
おおー
見たいっ
人に色が見えるって
オーラ的なもの⁉
スピリチュアル系とか
よくわからないけど
そんなの見えたら面白そう
えぇー
私もそれが良かったー
これ
見てみたい
なんて
男子小学生のように
興奮しました

情報処理

私がコミュニケーションが
苦手な理由の一つは
簡単に言葉が
出てこないこと
緊張したり
すると逆に
焦ってしまい
思ってもいないことを
喋りすぎることも…

相手の会話を聞く
← 相手の話を理解する
← 自分の意見をまとめる
← 意見を言葉にする
← 声に出す
会話をする時のこんな自然の
流れが遅くなってしまったり
つまってしまうことがある

単純なことなのだけど
ごちゃごちゃした
頭ではうまく
まとめられない
えっと今こう
聞いたよね
私は
こう思うけど…
変かな？
あわあわっ
前回はこう聞いたし
別の回答のほうが
いい？
だめだ 間が
とりあえず
何か…

大勢での会話は
情報処理が
追いつかない
ので
がやがや
聞くだけに
専念することが多い

1年の成長

これ
さっき教えたよ
よく見て
イライラ
そうすけは
そうすけだから
できない
ムスー
イライラ
私はよく
長男の成長を周囲と比べて
焦って失敗してしまう

またイライラして
怒ってしまった…
ずーん
反省中
こうならないように
今はできるだけ
去年の長男と
比べるようにしている

去年は座っている
ことも苦手で
線を引くのも
難しかったな…
だけど
今では少し
ひらがなを覚えて
書こうと努力している
すごい成長
したんだな…

すると 周囲よりは
ゆっくりだけど
長男の成長が
確認できる
上手だね
頑張ったね
うん
できた

7話

私と汚部屋の歴史

凸凹のある子達の
保護者は
こんな心配を
していませんか?
将来社会に出て
もし一人暮らしをしたら
家事はできるのか?
そこで今回は
私の体験談を少し
お話ししたいと
思います
あれは10代で
一人暮らしを始めた頃
周囲の同世代の人達は
寂しいと嘆く人もいたが
めそ
めそ
地元の友達に
会いたい
お母さんのごはん
食べたい
私は寂しさなどみじんも感じず
楽しんでいた
一人暮らしサイコー
協調性がなく
他人に合わせることの
苦手な私は
昔から自分一人の空間に
強い憧れを持っていた
なので
一人暮らしは
夢の世界だった
満喫
私だけの部屋
私だけのテレビ
私だけのお風呂
他人の目を
気にしなくていい
生活って
本当に最高!!
しかし3ヶ月後…
万年床の布団
しまわれていない衣類
洗われていない食器

私の部屋はいわゆる完全な汚部屋になっていた
ごちゃ〜

実家暮らしの時は親の援助もあって なんとか過ごせていたが
うわー 汚ないなー ヤバーイ
一人で生活してみたら想像以上に自己管理ができなかった
でも──

散らかっているけど好きなものに囲まれた自由な空間は十分天国だったし
そもそも散らかっていること自体が気にならないので何の不自由もない

まいっかー
あまり気にならなかった

片づけ方の本などいちおう買ってはみるもののあまり役に立たず…
綺麗に収納
簡単掃除テク
かわいいワンルームの作り方
整理整頓の基本100
誰でもできる！
こういうのは片づけた後維持ができる人向けの本な気がする…

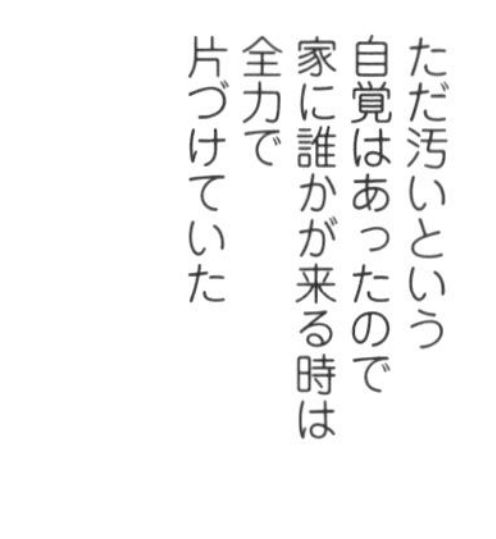

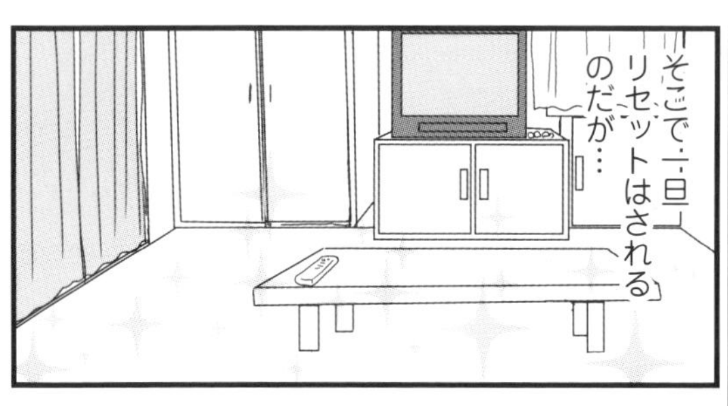

そんな生活を続けて
数年…

仕事や学校が忙しいと
家事はますますおろそかになり
物忘れが増えた
あれ
洗濯しようと思ったら
前のが入ってる??
ギャ

うわ
洗濯物
干そうと思ったら
干してある…
これいつから
干しっぱなし!?

うわ!
冷蔵庫に
溶けた野菜が
たぷーん
ほうれん草

バスマットに
カビが…!

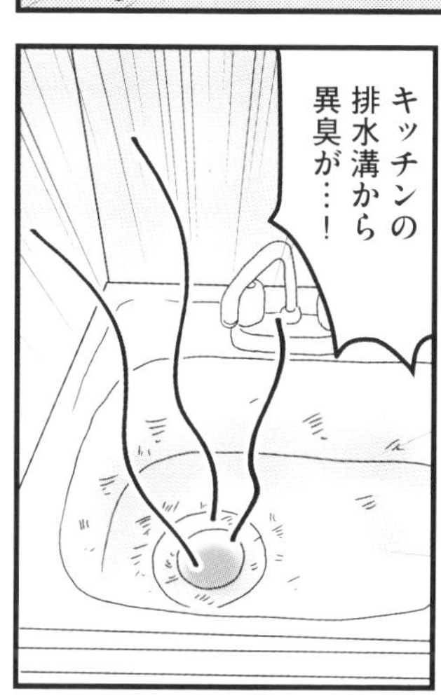
キッチンの
排水溝から
異臭が…!

当然
虫もわくが…

見ないように
スルーする
力を身につけた
スゥ…
何も見えない見えない
我ながら
努力の方向が
間違っている

さてそんな私にも
数ヶ月に1度やって来る
大掃除したいモード
キュ
キュード
こうなると
持ち前の行動力やアイデアを使って
部屋を綺麗にリセット
できるのだが…

維持できないので
数日で元どおり
これの繰り返しだった

この頃
好きなものを集める
収集癖もあり
部屋の中の荷物は
増える一方
マンガや
食玩など

それなのに
もったいない意識が強く
使わない物が
捨てられなかった
空き箱
紙袋
頂いたけど
好みとちがうポーチ
なんか着づらい服

おかげで
引っ越しの時には
荷造りをしてもしても
終わらず
どさっ
増えた荷物のぶん
広い物件にしたため
新居は2Kのアパートになった
ゲソッ

引っ越し代も家賃も
高くつくけど
好きなものに囲まれた
この空間の維持費と思えば
惜しくない！
荷物を捨てるなんて
ありえない！
と考えていた

そんなある日
登録していた派遣会社から
短期のリゾートバイトの案内が届いた
寮つきで1ヶ月半か
ちょうど来月で今の仕事終わるし
行ってみようかな

そしてトランク一つに
荷物を
つめて行き
カラ
カラ
ない物は
現地で買おう

1ヶ月半後
トランク一つで
帰ってきた
カラ
カラ
疲れたけど
良かったー

汚部屋に…
久々に見ると
ひどいな
私の家…
なんでこんなに荷物が
あるんだっけ…
ーいちゃーっ

って
あれ!?
私この1ヶ月半
トランク一つぶんの
荷物だけで生活
できたんじゃん
じゃあ
この部屋にあるのって
生活するのに必要ないもの
ばかりってこと?

物の少ない生活も
悪くなかったな
なくし物が減るし
物を探さなくなった
じゃあこの部屋も
荷物を減らせば
生活が楽になるのかな？
そして私が出した結論は
そうか
片づけられないなら
持たなければいいんだ
極論
こうして片づけの火がついた
火がつけば即行動
まずは食玩や本など
収集していたものを
処分した
食玩は好きだけど
なくてもそれほど
苦ではない
いつかまた
読むと思って
保管していた本も
処分して
このカラーボックス
一つに入る量まで持てる
ルールにしよう
これだけでもだいぶ減ったな
部屋は2Kもいらなかったかも
今までケチって
物を溜め込んでいたけど
荷物が多いことで逆に
無駄遣いしていたのかもしれないな
物を減らすことで
使わなくなった家具も
処分しました

食玩への興味はそれっきりなくなったけど
本はたまに読みたくなるのでネットカフェや電子書籍貸本を利用した
画像や映像や音楽もデジタルで保存すると楽だし場所取らないからいいね
次に片づけたのは食器
景品やもらい物のマグお祝いのペアグラス
引っ越しで不要になった食器を知人からもらったりもしたので使っていない食器がたくさんあった

もらったティーセット2回しか使わなかったな
グラスは家飲みで使うけどそんなに頻繁にやるわけでもないし
誰か来たら紙コップで対応しちゃおうかな
そして残ったのは10個ほどの食器
同じものが重ねられるタイプ

食器が少ないと片づけるのが楽で洗い物が溜まらなくなった
マグカップで味噌汁も悪くないわー一人だしこれで十分
調理器具も深めのフライパン2つとボウルとザルだけにしました

次に取り掛かったのは衣類
これはなかなかの強敵
まだ入るし
高かったし
思い出もあるし…
でも着る予定は
ないんだよな…
散々迷って
「クローゼットに入らないぶんは処分」
という自分ルールを決めた

ちなみに私は古着を
そのまま捨てず 刻んで
使い捨ての雑巾に
している
小さく切る
子育ての忙しい時
この雑巾が大活躍した
ササッ
ポイ
洗って干す手間はいらないし
ウエットティッシュより
しっかりしていて使いやすい

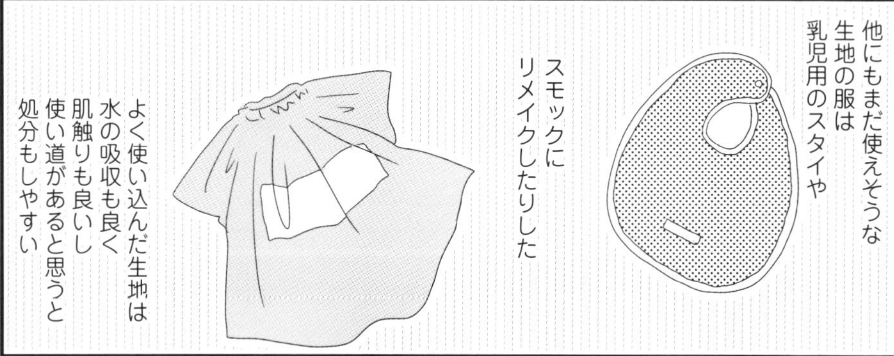
他にもまだ使えそうな
生地の服は
乳児用のスタイや
スモックに
リメイクしたりした
よく使い込んだ生地は
水の吸収も良く
肌触りも良いし
使い道があると思うと
処分もしやすい

次は買い物の見直し
減らしても 買ってきては
意味がない
ケチなので
衝動買いは少ないが
お得な食品などは
買いすぎて腐らせてしまう
ことも多かった
1週間ぶんの買い物を
まとめ買いしたことも
あったが 予定を組んだり
計算したりするのが
得意じゃないので
後悔することも
多かった
昨日
安くて買った蕗とモツ
今日調理しようと
思っていたけど 疲れて
手間のかかるもの
作りたくない…

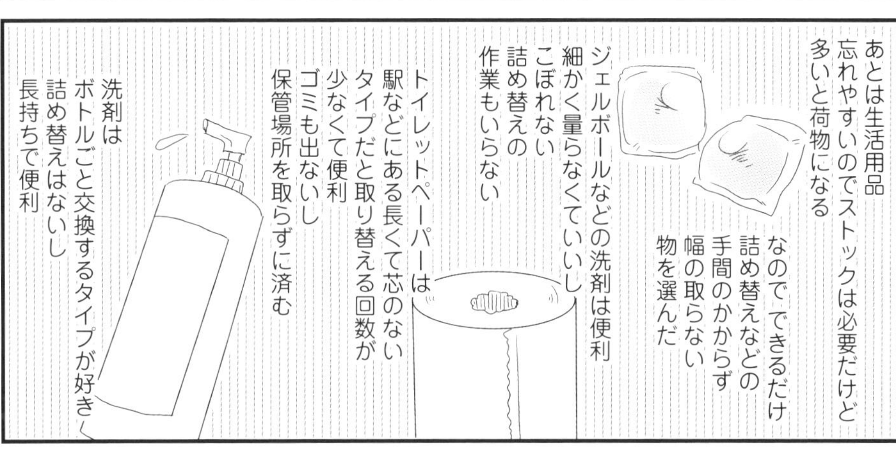

そんな生活を続けて
数年

はー これでもう
汚部屋とは卒業したね
と安心していたが

子どもが生まれてからは
また汚部屋に逆戻り
昔と違って
衛生面には気をつけているが
部屋の中が物で溢れてしまった
どー
物がどんどん増えていく
片づけても一瞬で
散らかされる

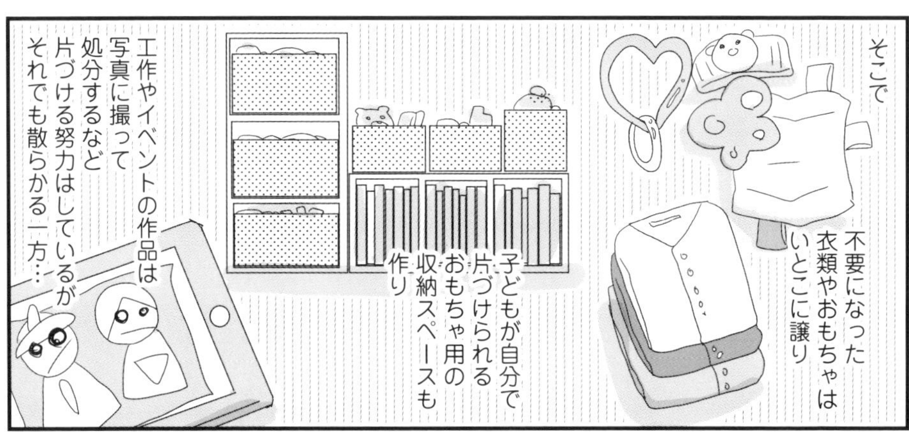
そこで
不要になった
衣類やおもちゃは
いとこに譲り
子どもが自分で
片づけられる
おもちゃ用の
収納スペースも
作り
工作やイベントの作品は
写真に撮って
処分するなど
片づける努力はしているが
それでも散らかる一方…

最近では
お母さん
全部大事なの
捨てちゃダメ!
と長男が主張し始めた
ラップの芯→
ごっちゃ～
なので 汚部屋は今も
広がっている…

汚部屋を経験して気づいたこと

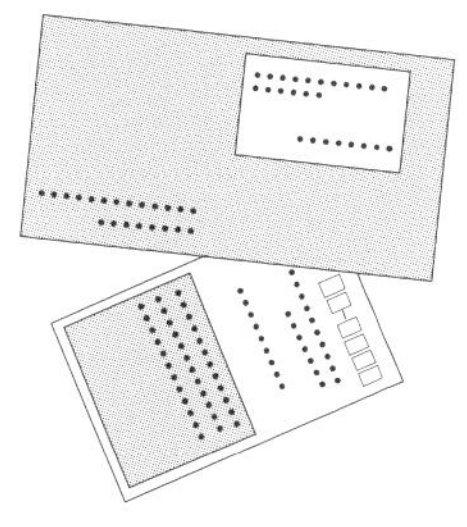

部屋が散らかって紛失して困るのが**郵便物**。重要書類や支払い用紙は紛失すると大変なことに…。
でも、**たいていの書類は再発行可能**でした。なくさないのが一番ですが、紛失した時の解決策を知っておくのも大事かも。

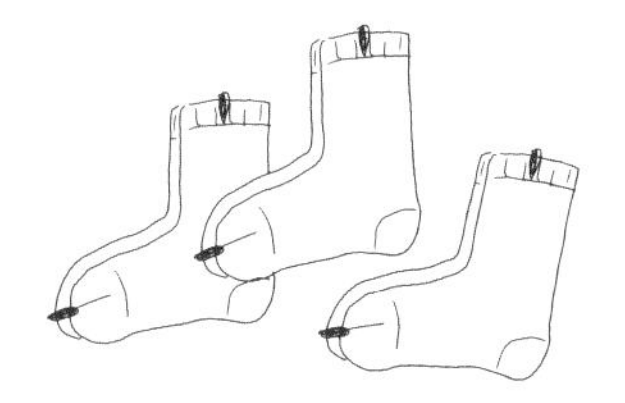

私と同じく失くし物が多い男性に聞いた**靴下のアイデア。**
いつも同じメーカーの同じ靴下を買うことで片方なくしても使い続けられる、というもの。アイデアは素敵だけど、毎日同じ靴下を履いてると思われそうで私はできませんでした…。

家具は**リサイクルショップ**で買って使わなくなったらリサイクルショップに売ることも多いです。**「今使わない物」はすぐ手放す**ようにしています。

ゴミの出し忘れは大きな壁。今は忘れることが減りましたが、一人暮らし当初はよく忘れるのでゴミだらけでした。
一度住んだボロマンションは住人専用のゴミ捨て場があり、いつでも、どんな種類のゴミでも捨てられてめちゃくちゃ便利でした!!　でもこういうの、安い物件にはめったにないです…。

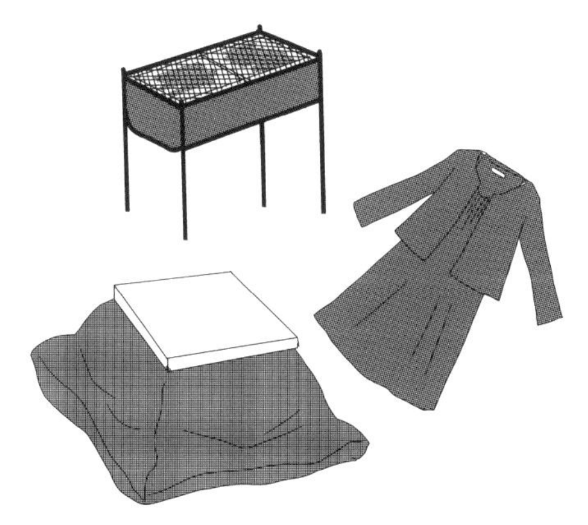

季節家具やイベント用品は**レンタルを活用**するのも便利です。割高ですが、維持管理の手間がないのはすごく楽。

城

なんていうの？

↑見たことある気がするが誰かわからない

8話

幼稚園以外で受けられる療育

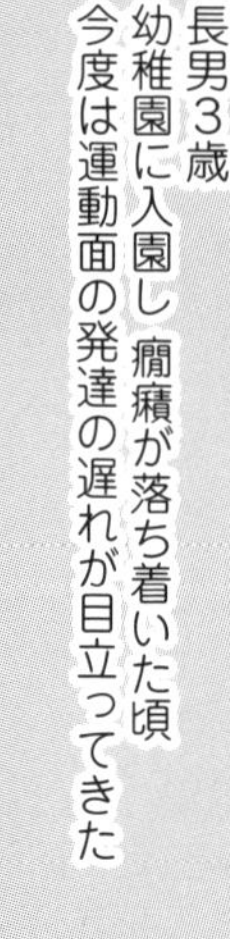
長男3歳
幼稚園に入園し 癇癪が落ち着いた頃
今度は運動面の発達の遅れが目立ってきた

同じ支援の幼稚園の子の運動の発達はさまざま
できない動作がある子ももちろんいるが運動が得意な子も多い
ぴょん
ぴょん
常に走りながら飛んでいる子
身長より高いところから飛び降りられる子
スタッ
なかには曲芸のようなことができる子までいた
ぽよ
ぽよ

何より走るのがとても速い
そんな子達に長男はひそかに憧れていた
まてー
すごいねー
ママも速いなー

一方 長男は
ジャンプができず
どてん
どてん
体育座りが維持できず

手すりのない階段が上れない
ふら
ふら
手押し車ができず
べちょ
鉄棒もつかまっていられない
ドスッ

マット運動では前転ができない
ゴロ
ゴロ
ゴロ
横回りになって転がってもすぐにコースアウト
べちっ

ぐてぇ〜〜
座っている姿勢の維持も難しく数分で疲れてしまい
いつも椅子の上でネコのように丸まっている

長男が気にして姿勢を直しても
やっぱりすぐに
崩れてしまうのを見ていると
何か原因がある気がした
そのことを担任に相談したら
実は…
私も気になっていたんです
給食中も自分で
気づいて直すのですが
すぐに崩れて
しまっています
ぺしょん

私も姿勢は悪いし
長時間座っているのも
好きじゃないけど
生活に支障があるほどでもない
長男だって
成長すれば
自然とできる部分も
あると思うし…
長時間テレビ
見るの
キツイ
でも私より長男のほうが
姿勢の維持は難しい様子
もしこのまま小学校に入って
授業を受けることになったら
辛いかも…
勉強しなきゃ
姿勢も正さなきゃ
集中できない…

いちおう定期健診の時
主治医に報告したら
理学療法を受けて
みましょうか
と言われたので
こんにちはー
以前
次男を診てくれた先生に
お世話になることになった

走り方や
障害物を使う動きから
体の使い方を
見てくれた

その結果 体幹が弱くて
筋肉のバランスが偏っていること
そのため姿勢の維持が
困難であることがわかった
あと障害物をまたぐ時
交互ではなくいつも同じ足
を使っていますね
本当だ
毎回
右足でまたぐ
リハビリではやわらかいマットを
踏み込む練習や
手を使わずに階段や坂道の
上り下り
障害物を避けて歩く
練習などをした

でも苦手な動きが多く
なかなかやりたがらない
そうすけ
できない…
そうすけくん
やってみよう－
先生も長男が
好きな遊びのなかに
動きを取り入れたり
工夫してくださるが
うまくいかず…

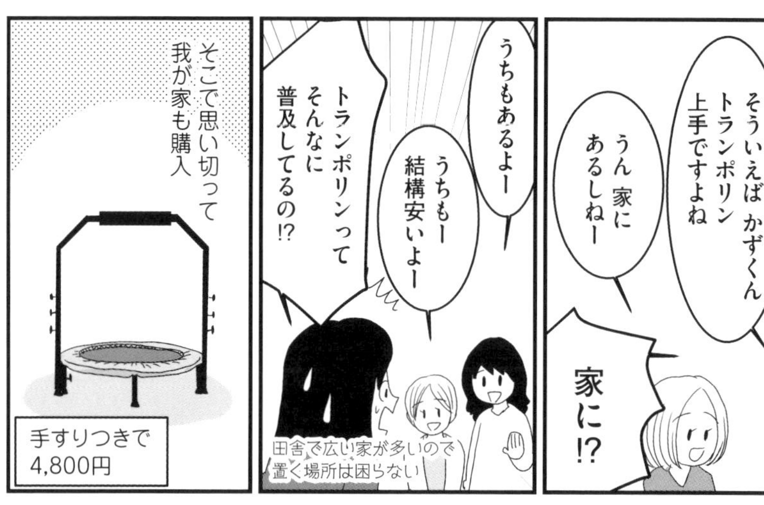
楽しめる練習ってないかな?
幼稚園にある手すりつきのトランポリンは
最近少しできるようになったけど…
そういえば かずくん
トランポリン
上手ですよね
うん 家に
あるしねー
家に!?
うちもあるよー
うちもー
結構安いよー
トランポリンって
そんなに
普及してるの!?
田舎で広い家が多いので
置く場所は困らない
そこで思い切って
我が家も購入
手すりつきで
4,800円

これがはまり
暇を見つけては飛ぶようになった
ばいん
これ楽しぃー
ばいん

リハと
このトランポリンの
おかげでジャンプが
できるようになり
ぴょん
ジャンプで前に
進めるようになった

さらに
ぽよん
ぽよん
手すりが
なくても
不安定な場所で
飛べるようになった

しかしそれ以外のことはやっぱり
やりたがらない…

体幹もだんだん
良くなってはいるけど
そうすけくんの場合は
メンタルの問題が
大きそうですね
ですよね…

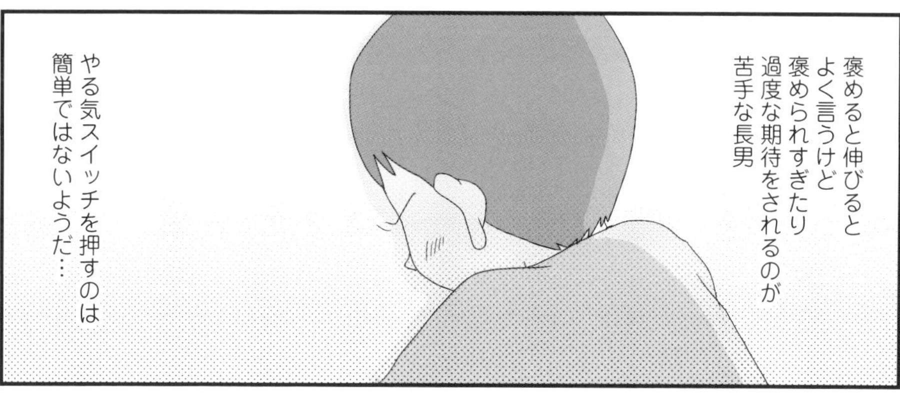
褒めると伸びると
よく言うけど
褒められすぎたり
過度な期待をされるのが
苦手な長男
やる気スイッチを押すのは
簡単ではないようだ…

無理にやらせても
余計 嫌になるだろうし
でもできないままでいる
期間が長いほど
「できない」イメージが
大きくなりそうだから
そうなる前に
成功体験をさせたい
こういう時も
スモールステップ
なのかな…？

周囲の先生方も同じ考えだったようで
「絶対にできる課題」に
変えてくれた
たとえば苦手な平均台
最初は床に書かれたラインの上を歩く
次に
薄い板や
低いハコの上
そうしたら
平均台も
少しできるように
なった
難しい時は
カニ歩きで進む
簡単な課題を
繰り返すことで
体幹が鍛えられたようだ

自信がつくと 別のことにも挑戦する
ようになった
おかあさん
これやる
いいよ
やってみよう

体も成長しているせいか
半年前にはできなかったことが
いきなり
できたりすることもあって
子どもはすごいと思う

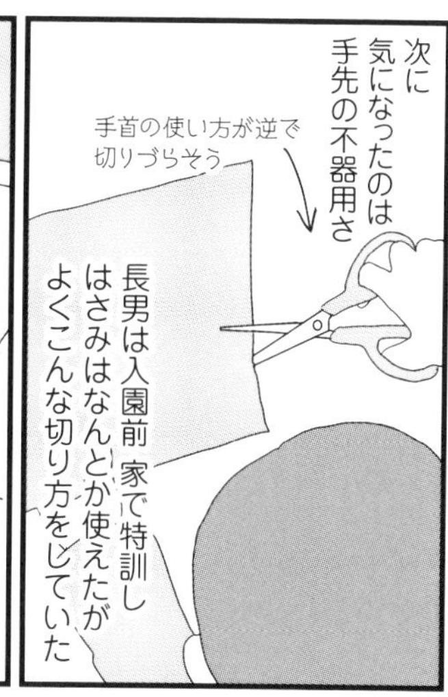
次に
気になったのは
手先の不器用さ
手首の使い方が逆で
切りづらそう
長男は入園前 家で特訓し
はさみはなんとか使えたが
よくこんな切り方をしていた

箸やエンピツを
持つのも苦手
筆圧もすごく薄い
衣類の着脱も苦手
ボタンはかけられるが
外せなかった
上手にできず
ひっぱって
しまう

それでも お箸やエンピツは
小学校までにできれば
いいかな
お母さん
やって
はい
はい
と思っていたが

ある日 近所の2歳の子が
お菓子の袋を自分で
開けている
ことに
驚いた
すごい
もう開けられるんだね
うん いつの間にか
勝手に開けてたよ
もうその辺にお菓子
置いておけないよー
長男は何度教えても
できないことだった
カサ
カサ

そういえば紙をビリビリ破くことも
できないな…
でもこういうことって
あまり意識せず
自然に身につくもの
なのかな
ビリ
ビリ
幼児の好きな
ビリビリ
あそび

専門の先生に聞いてみる?
でも言語も理学も通っているし
やりすぎか…
気にしすぎかも…
でも小学校に入った時
こういうことで苦労してしまうと
勉強どころではなくなって
しまうんじゃないかな…
過干渉すぎる…?

迷った末 一度診てもらうことにした
これで「来なくていい」と言われれば
それでいいし
お願いします

作業のリハでは最初に
マークシートのような物を記入した

その結果と
日頃の様子聞き
長男の行動を見て
先生はこう言った
いやー
こりゃ
大変だわ
よく生きているな
っていうか
そんなに!?

そうすけくんは体幹の弱い部分
などを意識して筋肉でおぎなって
いたりするので
他の人がなにげなく
やっている日常の行動が
何倍も疲れるのだと
思います
そうなんですか…
だるーん
ごろ
ごろ

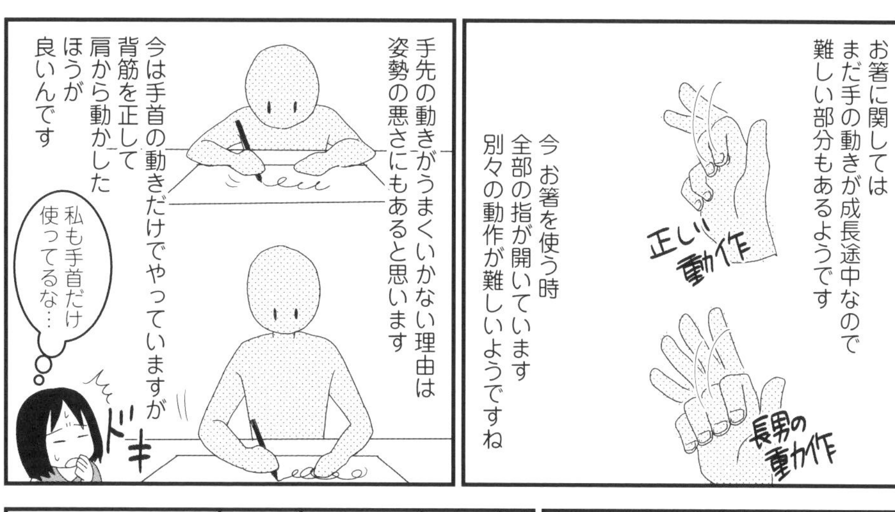
お箸に関しては
まだ手の動きが成長途中なので
難しい部分もあるようです
正しい動作
長男の動作
今 お箸を使う時
全部の指が開いています
別々の動作が難しいようですね
手先の動きがうまくいかない理由は
姿勢の悪さにもあると思います
今は手首の動きだけでやっていますが
背筋を正して
肩から動かした
ほうが
良いんです
私も手首だけ
使ってるな…
ドキ

お箸を持つ時に
全部の指が
開いてしまう時は
薬指と小指の中に
小さい石などを
握っていると
いいかもしれません
石
でも今は
お箸は無理しなくてもいい
と思うんです
スプーンを使った
動作でもいいので
たくさんやってみて
ください
わかりました

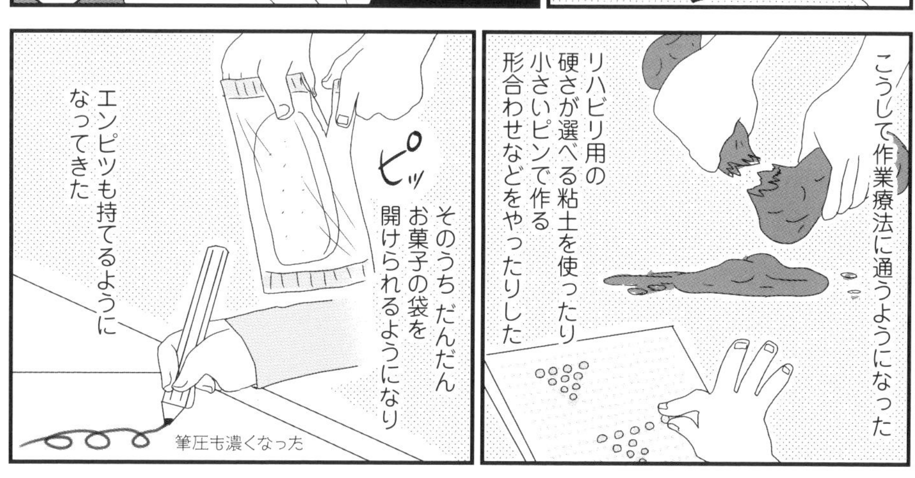
こうして作業療法に通うようになった
リハビリ用の
硬さが選べる粘土を使ったり
小さいピンで作る
形合わせなどをやったりした
ピッ
そのうち だんだん
お菓子の袋を
開けられるようになり
エンピツも持てるように
なってきた
筆圧も濃くなった

理学や作業の先生に勧められた
遊びながら学べる方法の
一つが砂遊び

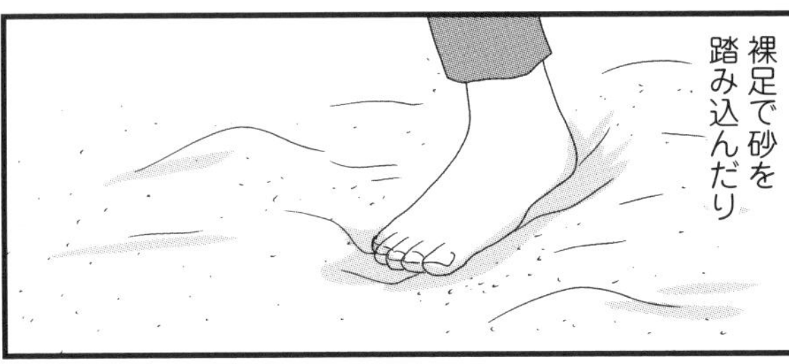
裸足で砂を
踏み込んだり

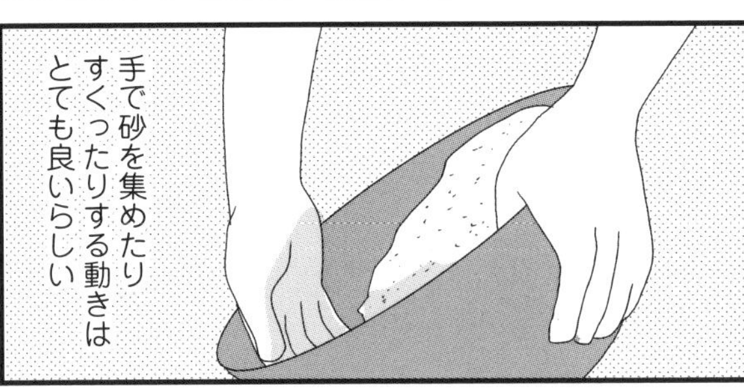
手で砂を集めたり
すくったりする動きは
とても良いらしい

でも最近
自由に使える砂場が
少ないんだよね
ネットがかけられていて
時間が決まってたり
場所によっては靴を脱ぐの
禁止の場所もあるしな…
家庭用のも
売っているけど
高いし 管理が難しそう
たくさん
遊ばせてあげたいけど
うまくいかないな…

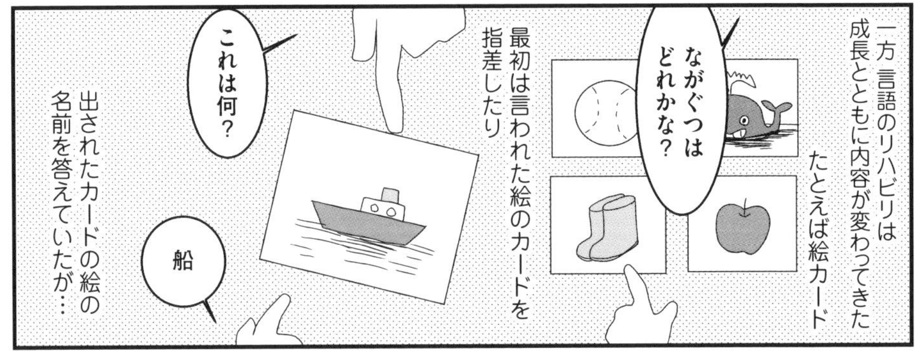
一方 言語のリハビリは
成長とともに内容が変わってきた
たとえば絵カード
ながぐつは
どれかな？
最初は言われた絵のカードを
指差したり
これは何？
船
出されたカードの絵の
名前を答えていたが…

やがて たくさんのカードの中から
ある特定のカードの特徴を言って
当てるゲームに変わり
これは
赤い乗り物です
火事の時に
火を消します

その後 今度は
長男が問題を出すように
なったり
大きいお花
黄色い 夏

感情や状況を意味する
新しいカードも出てきた

ルールのある遊びも始まり
簡単なルールのボードゲームや
すごろくなどをするようになった
わーい
最初は勝たせてもらっていたが

今日は
どっちが勝ち?
先生が
かちー
むう…
だんだんと負ける経験も
するようになってきた

数字やひらがななどの
勉強もしている
長男の大好きな
タブレット

最初は
言葉を話すことや
使える単語を
増やすことが
目標だったが

今は言葉の使い方・伝え方
相手の気持ちを考えた行動や
コミュニケーションの方法など
一歩進んだ学習に
なってきているようだ
言葉が増えたら終わりかと思っていたけど
いろいろ支援してくれるんだな…

最初は家族としか関われず
自分の気持ちを話せず
ただ泣いているだけ
だった長男が

今では自分の気持ちを相手に伝え
多くの人と関わりながら
生活している
幼稚園の先生や友達の協力もあってだけど
すごい成長だと振り返って思う

専門家の力って
すごいな
でも
支援の少ない地域では
リハビリを受けられない
人も多いみたい
私も今まで
詳しく知らなかった
職業だけど
もっと世の中に
知ってもらえたら
いいのにな—
説明すると
よく誤解されるし
リハビリ？
電気流すの？
マッサージ？
いや そういうの
ではなくてですね…
なんというか…
なんてたまに思う

リハビリいろいろ

姿勢維持のために教えてもらった日常でできること。お腹の筋肉を鍛えると良いらしく、**ブランコをこぐ**動きもいいリハビリになるそうです。

雑巾がけも良いそうです。長男の苦手な「手で支える力」も使います。

バランスボールはいろいろ使い方がありますが、長男が教えてもらったのはこの動き。最初は安定せず怖いので大嫌いでしたが、今では自分から進んで使うことも。大きいサイズは長男が怖がったので、うちは一番小さいサイズを使いました（試す方は怪我をしないように気をつけて！）。

お腹の筋肉は強くなるけど、**腹筋は逆効果**だそうです。

注意！

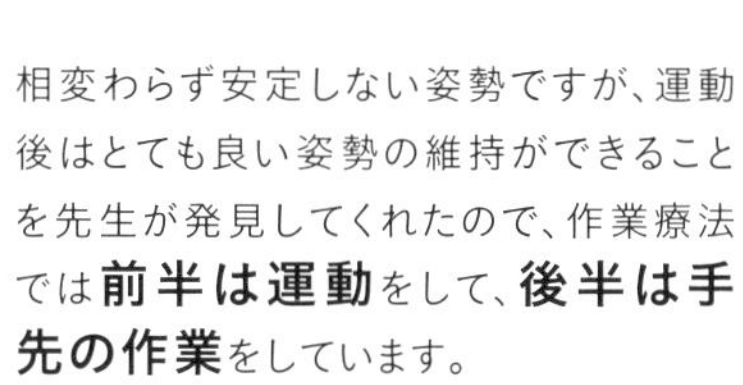

相変わらず安定しない姿勢ですが、運動後はとても良い姿勢の維持ができることを先生が発見してくれたので、作業療法では**前半は運動**をして、**後半は手先の作業**をしています。

エンピツ持ちができてからは、丸めた粘土などを**１本の箸で指して移動する動き**の練習を。これは楽しくできました。

手先の運動では、ビーズなどの**糸通し**も楽しくできました。

体のバランス

得意と苦手

9話

通所支援施設って どんなところ？

運動会の
振り替え休日
りゅうくんは
若葉 使う？
うん
若葉 使うよー
ゆうくんも？
うん
「若葉」って
何？

若葉は通所支援施設で
障害児が通える
施設なんだよ
うちの子も
つくし幼稚園に
入る前に通ってた
うちは今でも
幼稚園が終わってから
午後に通ってるよ

そんな場所があったんだ
知らなかった

幼稚園に入る前の
年齢でも
通えるの？
そう
0歳から
いるよー
母子分離だから
そのあいだ自由に
動けて助かっていいよ
スタッフの対応も施設も
すごくいいしね
うちはちゅーりっぷで
情報聞いて
通ったけど…
そうすけくんは
手帳がないから
入れないのかな？
いや
うちは手帳ないけど
昔 お願いしてたよ

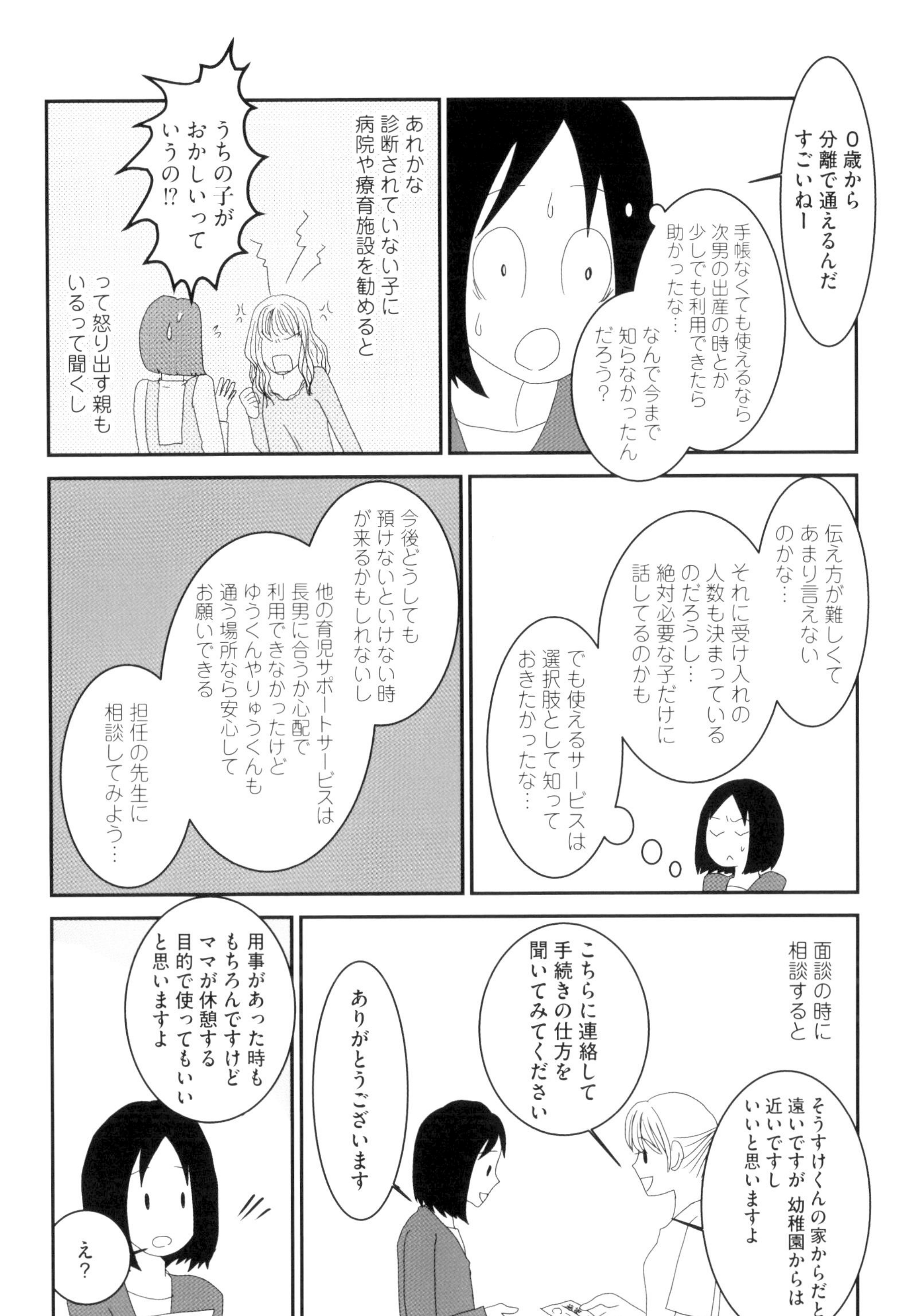
0歳から
分離で通えるんだ
すごいねー
手帳なくても使えるなら
次男の出産の時とか
少しでも利用できたら
助かったな…
なんで今まで
知らなかったん
だろう?
あれかな
診断されていない子に
病院や療育施設を勧めると
うちの子が
おかしいって
いうの!?
って怒り出す親も
いるって聞くし
伝え方が難しくて
あまり言えない
のかな…
それに受け入れの
人数も決まっている
のだろうし…
絶対必要な子だけに
話してるのかも
でも使えるサービスは
選択肢として知って
おきたかったな…
今後どうしても
預けないといけない時
が来るかもしれないし
他の育児サポートサービスは
長男に合うか心配で
利用できなかったけど
ゆうくんやりゅうくんも
通う場所なら安心して
お願いできる
担任の先生に
相談してみよう…
面談の時に
相談すると
そうすけくんの家からだと
遠いですが 幼稚園からは
近いですし
いいと思いますよ
こちらに連絡して
手続きの仕方を
聞いてみてください
ありがとうございます
用事があった時も
もちろんですけど
ママが休憩する
目的で使ってもいい
と思いますよ
え?

そうすけくんを預けて休んだり 家事をしたり そういう目的で使ってもいいんです
ママが元気じゃないと家族みんなが困ってしまいますからね
そ…そうなの？ 福祉サービスだから利用料は税金で補助が出るんだよね？
うちの子はなんとか家で見られるし楽じゃないけど買い物も連れていけるし…
預けるのはなんか罪悪感が…
でもたまに預けられたら楽かも…
それに幼稚園に入ってから時間的に児童館とかも行けなくなったし
幼稚園以外で通える場所も欲しかったんだよな
……
週2くらいで利用できないか聞いてみようかな
早速電話し後日面談することに
若葉の利用を考えているんですが…
面談は家庭訪問も兼ねてケアマネージャーさんが自宅まで来て説明してくれた
じゃあ週2で利用してみますか？
はい
ではまず お医者さんに意見書を書いてもらって役所に提出して受給者証を受け取ってきて
そうしたら私が支援計画書を作って利用できるようにするから

夏休みにも利用するなら
申請に時間がかかるから
早めに動いたほうがいいわよ
ならしも必要だから
6月中には通い始めたいわね
こっちも受給者証ができたら
すぐに利用できるように
準備しておくから頑張って
てきぱき
バサ
わかりました
←書類の山
ということで
急いで病院で意見書をもらい
（手帳がある場合は必要ない）
週2で利用を…
役所に提出
審査してもらい
受給者証が
発行されたら
○×病院
通所受給者証
ケアマネさんに渡す
（確認したらすぐ返却される）

支援計画書は面談の時に
長男の様子を見て
家や幼稚園での様子を
聞いて作ってくれた
食事は？
排泄は？
睡眠は？
着脱は？
カリ
カリ
ケアマネさんと契約して
施設と契約して
支援計画作って…
高齢者の介護施設みたいな
利用システム
なんだな…

そして幼稚園が終わった後に
2時間 週2で通うことになった
うちの場合は
こんな感じで放課後に
保育利用のような形で
通いましたが
利用までの流れや
サービスは
地域や施設によって
違うようなので
また聞いてみました
「発達ナビ」
鈴木編集長

いろいろな利用の仕方があるようですが通所支援施設ってどんなところなのでしょうか？
発達が気になる子どもや障害のある子どもに対して日中支援サービスを提供する場所です
現在の法律上では児童福祉法という法律の下小学校就学前の未就学児童を対象とした「児童発達支援事業」
小学校就学以降の「放課後等デイサービス」という名称で大きく2種類のサービスがあります
長男がお願いしたのは小学校就学前だからこっちになるんだな
幼稚園のように朝から昼過ぎまで通う子もいるって聞いたし
放課後等デイサービスだけやっている施設もあるって聞いたな
利用の仕方は自治体で違うものなのでしょうか？

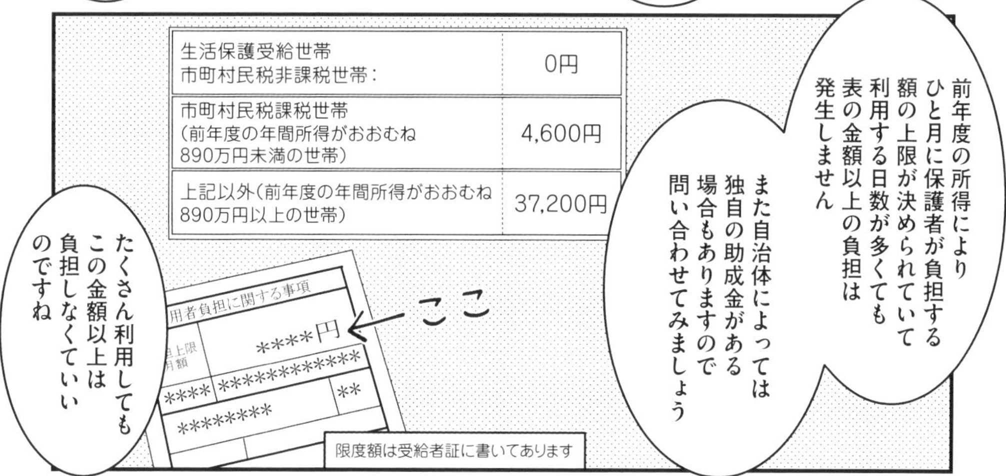

生活保護受給世帯 市町村民税非課税世帯:	0円
市町村民税課税世帯 (前年度の年間所得がおおむね 890万円未満の世帯)	4,600円
上記以外(前年度の年間所得がおおむね 890万円以上の世帯)	37,200円

診断や手帳がなくても
どこの施設でも利用できますか?

はい
通所施設による支援の
必要性が認められれば

受給者証は
発行されます

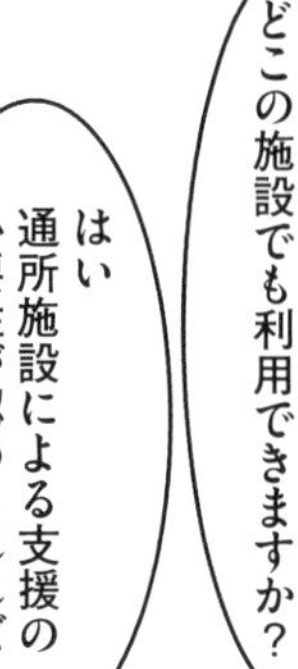

発達ナビさんの
障害児通所施設のコラムを拝見したら
いろいろな種類がありました

母子分離
親から離れて子どもの自立心を養うことにもつながる。通所中保護者が育児から離れられるので、一時的な休息が取れるという、保護者にとってのメリットもある

親子通所
一緒に療育を受け、親子の関わり方を学ぶ。集団で過ごすことに慣れていない低年齢の子どもの場合は、親子一緒のほうが子どもも安心できる場合も

通園タイプ
保育園・幼稚園のように朝通園して夕方まで預かりながら療育をするタイプ。保育園や幼稚園に行っていない子どもの場合は、園の代わりに日中の居場所になり、生活面の自立支援を行ってくれる場合も多くある

教室タイプ
授業・レッスンのような形態で療育を中心に行う。専門性の高いプログラムを行う事業所もある。保育園・幼稚園と併用して通う人も多い

学習塾タイプ
学習面での支援を中心に行っている

私が通える
範囲には
少ないけど…

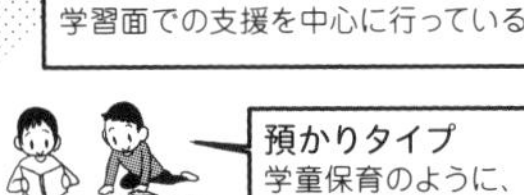

預かりタイプ
学童保育のように、放課後の子どもが安心して楽しく過ごせる場所

同じ「若葉」でも
利用の仕方はさまざま

たとえばゆうくんの
お兄ちゃんは放課後に
学童のように毎週預かってもらっている

りゅうくんは
幼稚園入園まで
幼稚園のように
毎日通っていた

別の子は
お母さんが
兄弟の学校行事や
冠婚葬祭などの時
一時預かりで
利用する

また別の子は幼稚園の中で
「若葉」のスタッフさんに
支援をお願いしていた

ママ達の話を聞くと
年齢やその子の状態
施設によって

受け入れられる
サービスは違うみたい

いろいろなニーズに
対応している
ようです

きゃー

ボイン

あぶない

多動の子も
肢体不自由な子も
乳児も高校生も
預かるんだもん

いろいろ考えてくれて
いるんだろうな…

若葉の利用を始めて数週間
長男が馴れるか心配したけど
つくし幼稚園の友達もいるし
ずっと自由時間だし
おもちゃはたくさん

お母さん行ってきまーす

そうすけくん「行ってきます」上手ねー

↑小さなこともとても褒めてくれる

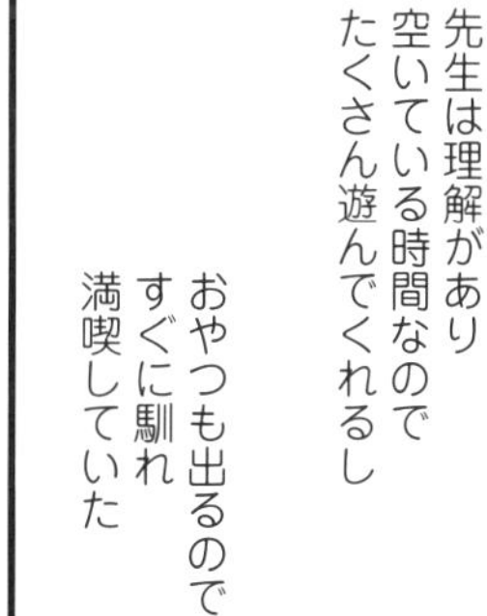

先生は理解があり
空いている時間なので
たくさん遊んでくれるし

おやつも出るので
すぐに馴れ
満喫していた

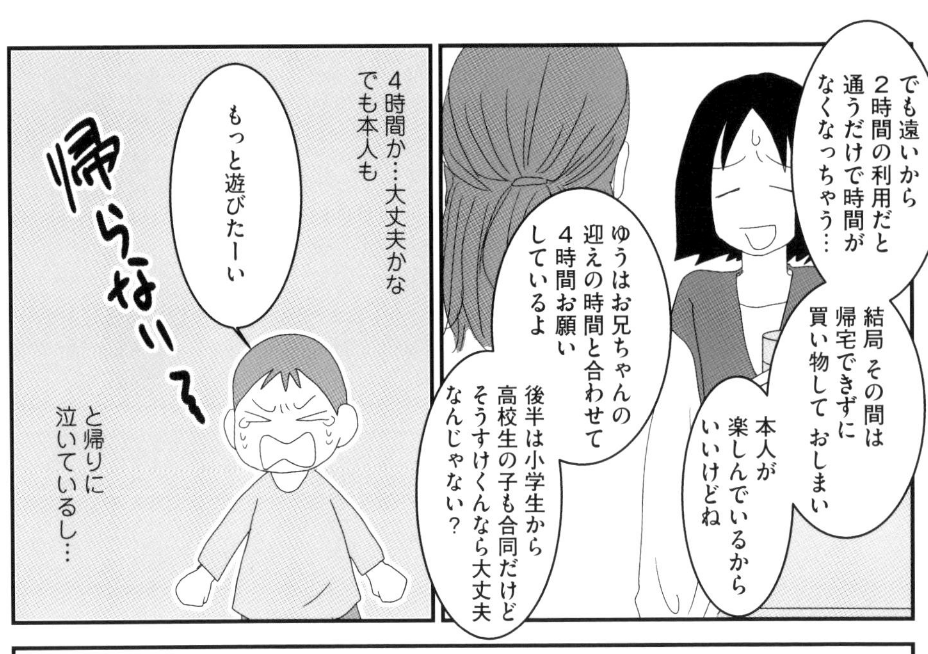
でも遠いから
2時間の利用だと
通うだけで時間が
なくなっちゃう…
結局 その間は
帰宅できずに
買い物して おしまい
本人が
楽しんでいるから
いいけどね
ゆうはお兄ちゃんの
迎えの時間と合わせて
4時間お願い
しているよ
後半は小学生から
高校生の子も合同だけど
そうすけくんなら大丈夫
なんじゃない？
4時間か…大丈夫かな
でも本人も
もっと遊びたーい
帰らない〜
と帰りに
泣いているし…

相談の結果
受け入れてもらえたので
4時間利用することに
長男も
最初は大人数になり
戸惑っていたらしいが
なんだかんだ
世話好きな年上女子達と
楽しく遊んでいたらしい

こうしていろいろな
年齢の子と遊べるのも
いいよね…
なんて思っていたが
ある日突然
若葉
行きたく
ない…
お母さんと
一緒に行きたい
なんで!?
どうした
の？

説明がまだ上手ではない
長男の言葉を整理すると

「若葉には行きたいけど
一人だと怖いから一緒に
お母さんも来てほしい」
ということらしい

どうやら
小中高生が喧嘩をして
怒鳴ったり
奇声を上げたりする
様子を見て
怖くなってしまった
ようだ

（長男が何か
されたわけではない）

そういえば私も自分より
背の高い高校生が
急に大声出した時
びっくりしたな…

あ゛ー

大人が見ても迫力あったし
幼児からすればもっとすごい
迫力だったんだろうな…

ひぃっ

利用時間が分かれているのは
そんな理由もあるんだろうな

スタッフさん達の対応を見ていると
十分配慮はしてくれている
様子だけど…

でも大きい声を出しただけで
「怖い」と言って避けてしまうのは
なんだか悲しい気がする…

成長した時にこの子や周囲の子が
世間から「怖い」と思われたら
やっぱり悲しい…

でも長男が
自分で気持ちを伝えてくれた
「怖い」を否定するのも
違う気がするし…

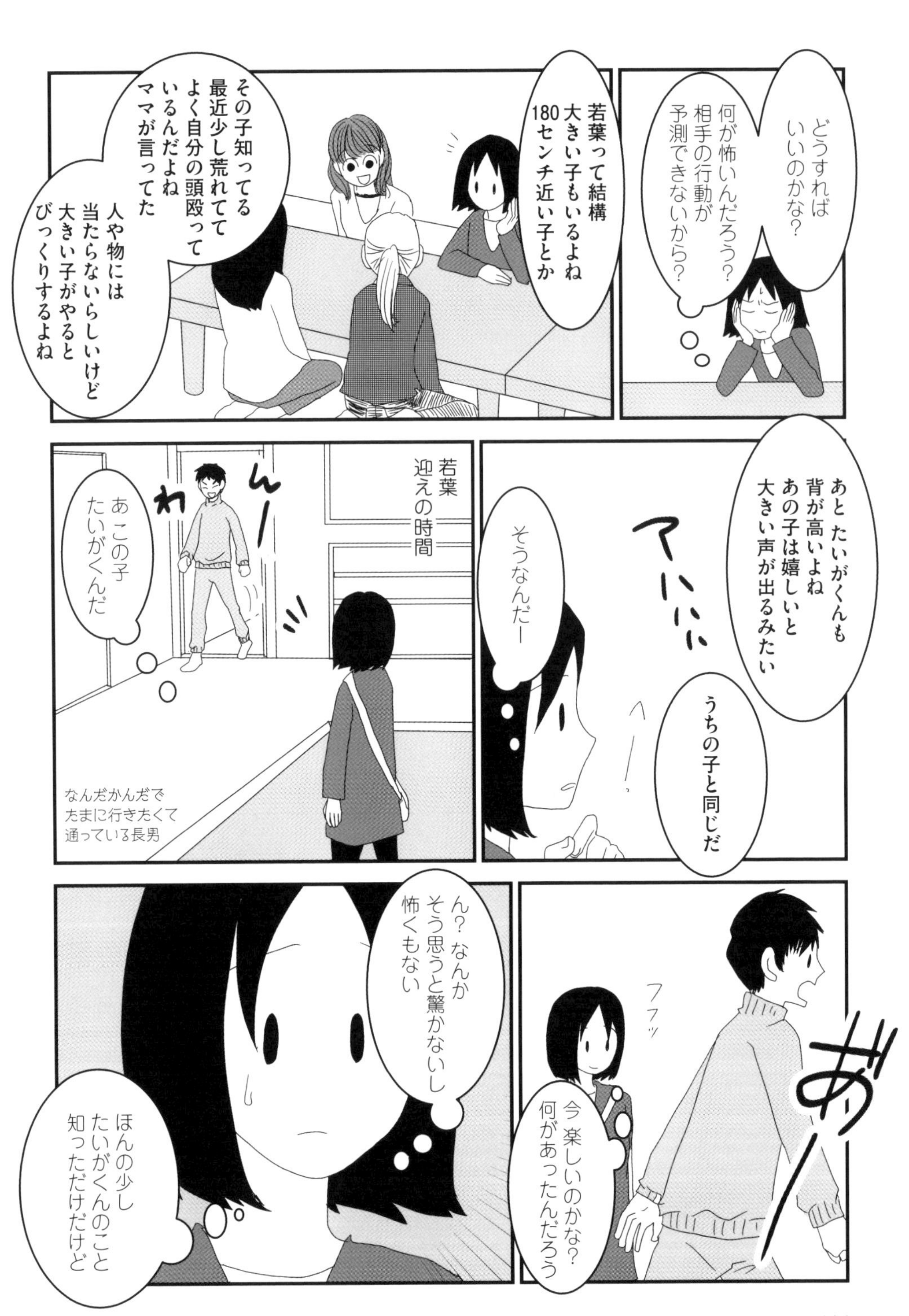
どうすれば
いいのかな?
何が怖いんだろう?
相手の行動が
予測できないから?
若葉って結構
大きい子もいるよね
180センチ近い子とか
その子知ってる
最近少し荒れてて
よく自分の頭殴って
いるんだよね
ママが言ってた
人や物には
当たらないらしいけど
大きい子がやると
びっくりするよね
あと たいがくんも
背が高いよね
あの子は嬉しいと
大きい声が出るみたい
アハハハ
うちの子と同じだ
そうなんだー
若葉
迎えの時間
んー
わ
あこの子
たいがくんだ
なんだかんだで
たまに行きたくて
通っている長男
あー
フフッ
今楽しいのかな?
何があったんだろう
ん? なんか
そう思うと驚かないし
怖くもない
ほんの少し
たいがくんのこと
知っただけだけど

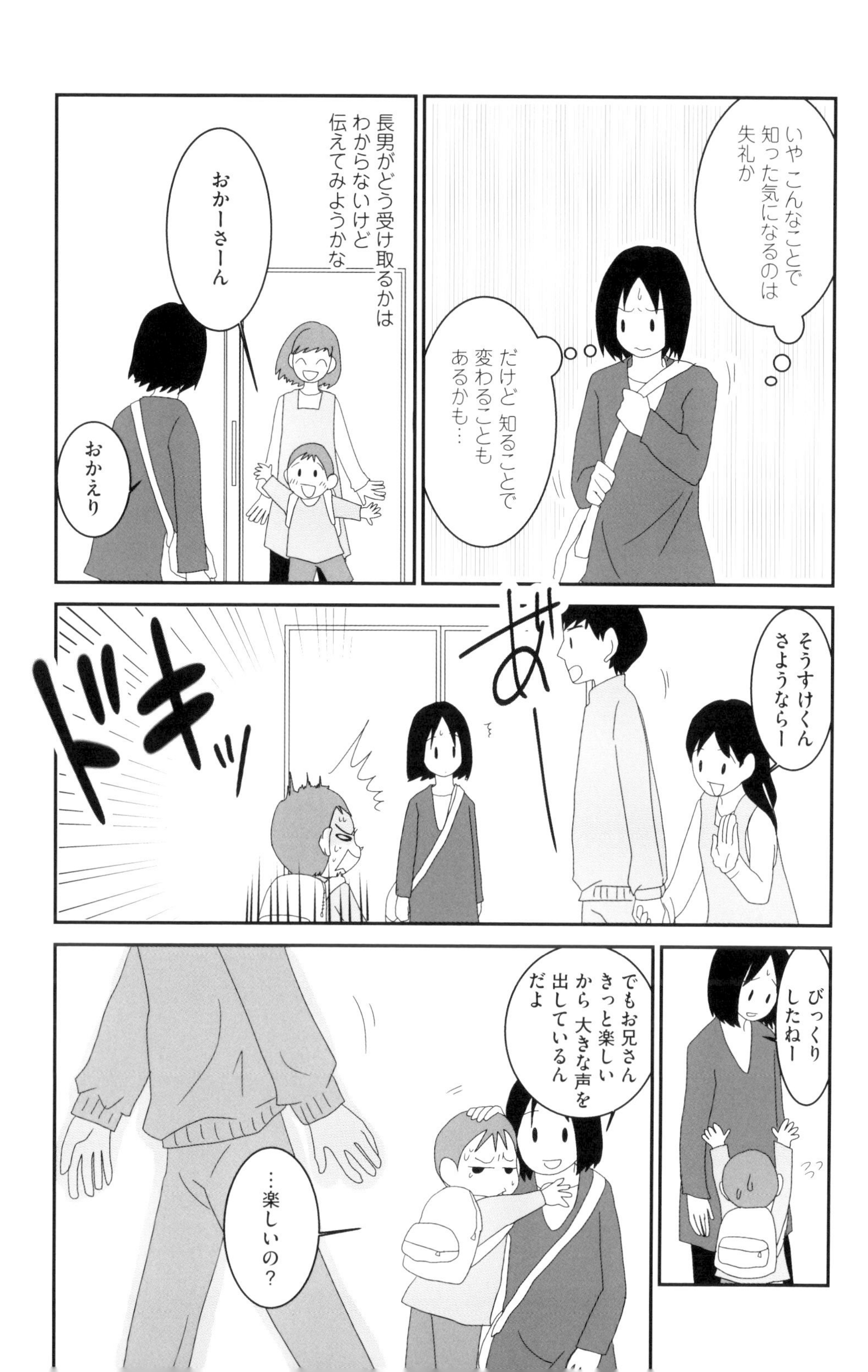
いやこんなことで
知った気になるのは
失礼か
だけど知ることで
変わることも
あるかも…
長男がどう受け取るかは
わからないけど
伝えてみようかな
おかーさーん
おかえり
そうすけくん
さようならー
あー
ドキッ
びっくり
したねー
でもお兄さん
きっと楽しい
から大きな声を
出しているん
だよ
…楽しいの？

先生への愚痴

幼稚園に入園したばかりの頃
長男は私以外の人とほとんど話ができなかった
お母さん
聞いて
自分で先生に聞いてみれば？

でもだんだん先生と2人だけで話すようになった
ひそひそ
あのね…
うんうん
時には私に内緒のひそひそ話をしたりしている
そして最近では…

先生 昨日もあゆむがぼくの作ったレゴ壊したんだ
あゆむはいつもぼくの作ったの壊すんだよ

でもあゆむを怒ったらぼくがお母さんに怒られるんだ
そうなんだー
ブツブツ
先生に家での不満を愚痴っている

記憶力

記憶力は良いほうだと思う長男だが ひらがなや数字はなかなか覚えられない
う〜ん…
おおめし？
あおむしだよ

にーちゃんこれ何？
○○レンジャー ○○グリーン
ビシッ
これ 昨日 高校生のお古をもらったんだよね
古い戦隊ヒーローだと思うけど知っているの？

幼稚園にあるヒーロー図鑑に書いてあったよ
先生と一緒に読んだんだ
○○レンジャーのロボットは飛行機がね…
ペラペラ
うきうき

そうなんだよく覚えてたね
じゃあこれはなんて書いてある？
あさか…あ？
あさがおだよ
なぜその記憶力をひらがなに使わないんだ…

10話

私は
何と戦って
いるのかな…

クラスの子達にも馴れて一緒に遊ぶようになっただものの
ゆうく〜ん
ドーン
ヨロッ
力の加減がわからず 暴力的になってしまう長男
好きな子にしかしないので 愛情表現だと先生は言うけれど
りゅうく〜ん
ドスン
相手にしたら迷惑

パァァァン
パパパパパ
たまにりゅうくんに反撃される

ごめんね
ほら そうすけ りゅうくん嫌だってよ
ギャあぁぁぁぁ
プリ
実は一番弱い
実は強い
これではゆうくんとりゅうくんに申し訳ない…
喧嘩しながらお互い友達との付き合い方を学ぶとも聞くけど 基本的におとなしい2人は何もしないので一方的になってしまう

そう考えていたら担任の先生がこんな話をしてきた
そうすけくんのおかげでゆうくんはできることが増えたし
りゅうくんは「叩くと泣く」そうすけくんの反応が勉強になってありがたいってママが話してましたよ

ゆうくんは長男の
後をついて回り
真似をするのが
ブーム
うさぎ組
行って
きまーす
ぼくも
それまでお母さんに
べったりだったが
長男と一緒に行動することで
できるようになったことも
多いらしい

良くないことも
真似している
気がするけど…
やりたく
ない
ぼくもー

りゅうくんの必殺技は
怒っていない時でも
出てしまうことがあるらしい
パァァン
パパパパ
叩かれても反応しない子
積極的に関わらない子が
多いせいか
「叩くと痛いからダメ」が
わかりづらかったようだ

いたーい
ギャー
ギャー
ほらね
叩いたら
痛いんだよ
ビシッ
良い学習になったらしく
しばらくしたら叩かなくなった

でも喜怒哀楽が激しく
感情が目に見えて
わかりやすい長男の
反応を見て
いってーー
大げさ

そして長男も
2人と遊び
時には叩かれながら
ゆうくーん
とこ
とこ
ぴたっ
友達との距離感を
学んでいったらしい
秋には
もう教室でもめごとは
起きなくなった

マイペースで
それぞれ好きに過ごしている
3人だったが
お互い勉強が
できていたみたいだ

その後 長男の中でクラスの
友達には「仲間意識」が
生まれたようで 基本的に
怒らないようになり
譲れることが増えたが
そうすけくんの
作ったブロック
壊してごめんねー
ペコリ
りゅうくんたら
しょうがないなー
も――っ

他のクラスの子には…
キャー
あ゛
それ
今使って
たのにっ
クワ
クワ
カラ
カラ

まだ
許せないことが
多いみたいだった
ギャー
ギャー
ボク
使ってたの
ひよこ組の
おもちゃーでしょ
ボクも
やりたい
やめてよー

自分の気持ちを伝えたり
相手の気持ちを
理解しようと葛藤する
ことも増えたが
もーっ
ぼくが
使いたいの
……
ぼくも
使いたい…
でもりくん
には勝てないし
泣きたく
ない…
うっ
うまく折り合いが
つけられず

運動会や学芸会など
子ども達が疲れる行事の時などは
幼稚園側も配慮してくださり

前日などは
無理に練習をせず
自由遊びにして
子ども達を
リフレッシュさせていた

なるほど
最後の猛練習とか
はしないのか…

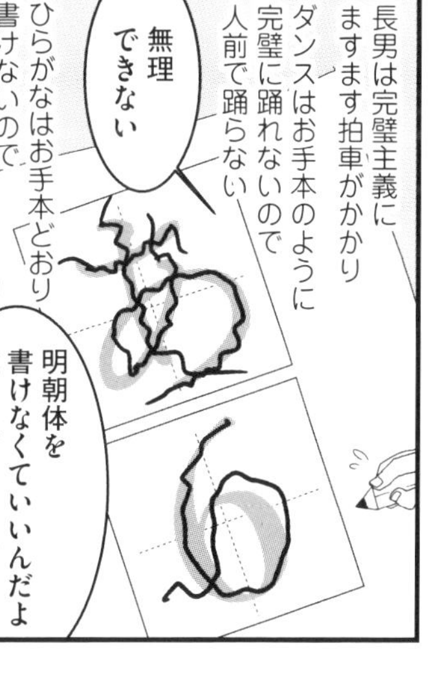

そんな時に担任の先生が
教えてくれた言葉が
まあいいか
だった

あれ そうすけくん
タオル忘れちゃった?
うっかり☆だね
まいっか 今日は
ハンカチを使おう
あー 先生も
保健カード 職員室に
忘れちゃった また
うっかりだー
でも
まいっかー
そうすけくん
一緒に職員室に
取りに行こう
てへっ

これがとても
効果的で
あはは
失敗しちゃった
まいっか
てへっ
失敗しても
落ち着いて
次に進めるように
なった

これはとても大事なことだと思う
昔の私も一人で何でもできる
「完璧な人」をいつの間にか
目指していた
それが社会人としての
当然のスキルだと思っていたから
でも本当は「失敗しない力」ではなく
「失敗しても次に進める力」が
大事だったのだと今は思う
できないことを
適切な人や物に頼り
生活することも
自立の一つなのでは
ないだろうか

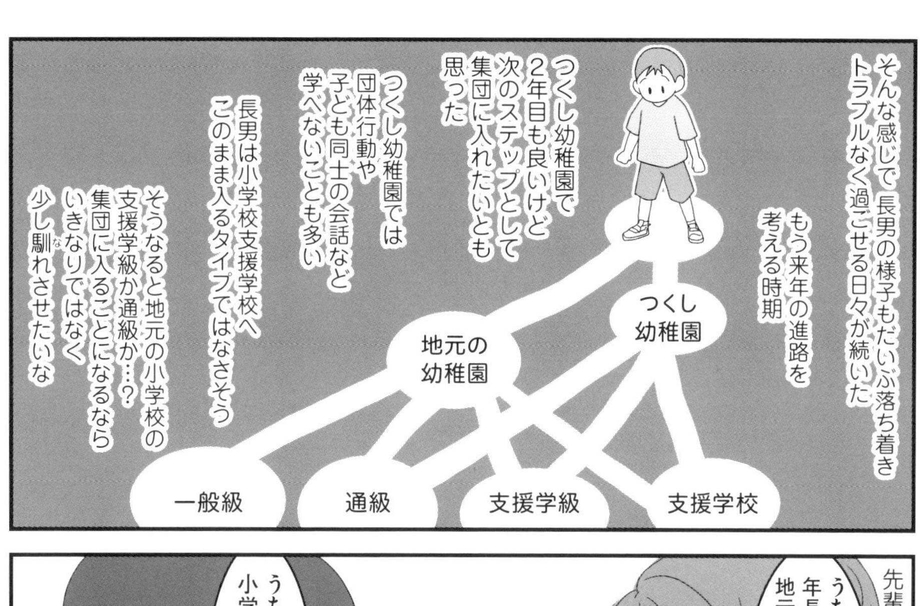
そんな感じで 長男の様子もだいぶ落ち着き
トラブルなく過ごせる日々が続いた
もう来年の進路を
考える時期
つくし幼稚園で
2年目も良いけど
次のステップとして
集団に入れたいとも
思った
つくし幼稚園では
団体行動や
子ども同士の会話など
学べないことも多い
長男は小学校支援学校へ
このまま入るタイプではなさそう
そうなると地元の小学校の
支援学級か通級か…?
集団に入ることになるなら
いきなりではなく
少し馴れさせたいな
つくし
幼稚園
地元の
幼稚園
一般級
通級
支援学級
支援学校

先輩の療育ママ達から話を聞いても
うちは上の子の時
年長さんまでここにいたけど
地元の小学校入って苦労したよ
だから下の子は
年中からは地元の幼稚園に
通わせようと考えてる
うちも上の子の時
小学校入るの大変だった
下の子も診断されてるけど
赤ちゃんの時から保育園で
馴れているから
卒園までいるつもり
こんな声が聞こえてくる

そこでとりあえず
体験入園に行くことに
他の方の体験を聞くと
ここでよく
まずは
幼稚園探しを
しよう
という流れに
なるが
私の住む田舎に そんな文化はなく
居住地の幼稚園に行くのが
当たり前
他の地域の園や
学校に入れれば…
○○さんち 隣の
地域の小学校に行って
いるんですってよ
ヒソ ヒソ
かわいそう
変わっている
のねー
え～
という感じなので
選択肢はなかった

しかし
肝心の地元の園が
なかなかの評判…
地元のママ達の話だと
年長にもなると
子ども達の話から園の
様子がよくわかるけど
先生の対応ひどいよ
園長に話しても
何も聞いてくれないし
PTA会長が
保護者の声を集めて
何度も話し合いをして
くれているけど 何も
変わらなくてさ

孫の送り迎えを10年以上している
ベテランおばあちゃん達に聞くと…
昔はいい園だったけど
今は自由がなさそうで
かわいそうよ
シーン…
そうそう 園から
子ども達の笑い声も
聞こえなくなったし
なんか先生たちの
働きやすい環境が
一番で 子ども達のこと
考えてない感じ
運動会の見学に行っても
またあんな小さい
子にまで高度な
芸やらせてね
かわいそうにね…
うちの地元の園は
同い年だけど
こんなことしないよ
すごいね この園

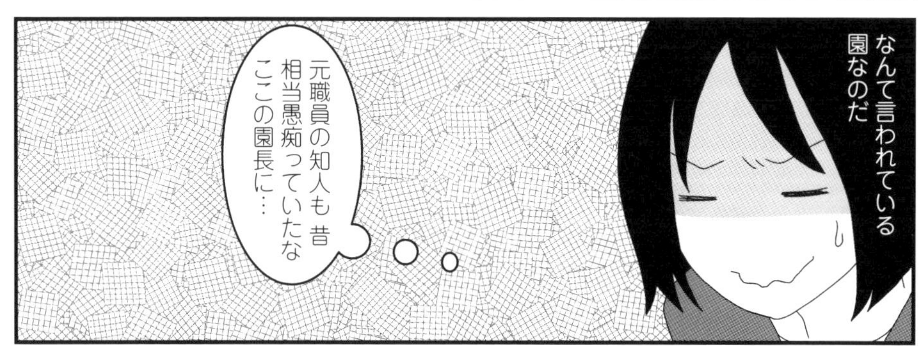
なんて言われている
園なのだ
元職員の知人も昔
相当愚痴っていたな
ここの園長に…

でも地元の小学校に入る
子ども達のほとんどは
ここの卒業生で
他の選択肢はないし…
いい先生もいるから
担任が当たりなら…
とりあえず体験に
行ってみようか…
いくつかの幼稚園
が合併してできた
この園は大人数の
子どもがいて
キャー
キャー
騒がしい園内で早口で喋る
先生の言葉は
聞き取りづらかった

次に何をするのかも
説明はなく
急に音楽がかかって踊ったり
急にクラスの移動になったりと
予測が難しい
一緒に参加した
ママさんと
どういうこと？
次何するのか
わかります？
?
?
よくわからないですよね
どうしたらいいのかな？
と大人でも
困惑するほどだった
合併して建物は綺麗になり
豪華なおもちゃは飾られているが
全部遊んで良いわけではないらしく
遊具
隣接する
小学校の敷地
遊具
遊具
遊具
幼稚園の敷地
見えない境界線があった

そこを越えると
怒鳴られ
小学校側の
どんぐり↓
引きずられていく
園児達…
ヤだ！
ズル
ズル

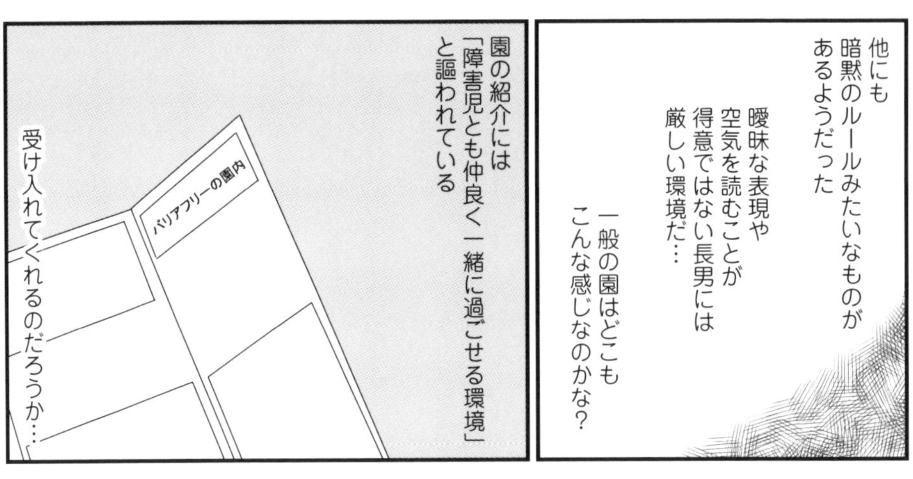
他にも
暗黙のルールみたいなものが
あるようだった
曖昧な表現や
空気を読むことが
得意ではない長男には
厳しい環境だ…
一般の園はどこも
こんな感じなのかな？
園の紹介には
「障害児とも仲良く一緒に過ごせる環境」
と謳われている
バリアフリーの園内
受け入れてくれるのだろうか…

何日も迷った末
入園面談を受けることにした
次に進む小学校は
評判も良いし
園長が評判良くなくても
クラスメイトや担任と
うまくいけば…
それに子ども同士の会話をさせてあげたい
せっかく友達に興味が出て
遊びたい お話ししたい と言っている
今の時期に入園させてあげたい…
大人気
地元で好評の
先生もいたし
面談は噂の園長と
1対1で行われた
名前は？
もんずそうすけ
これ真似して作れる？
ふーん
こういうのは
できるのね

早口で威圧的な
話し方…
長男の
苦手なタイプだけど
頑張ってるな…
問題もほぼ
正解していそうだし
落ち着いて座ってる
終わると
「問題上手にできた」
「静かに座っていられた」
というような達成感のある
笑顔も見られた
チラッ

しかしその場で出された結果は
この子 人と目が合わせられませんね
なので入園はできません

…は？

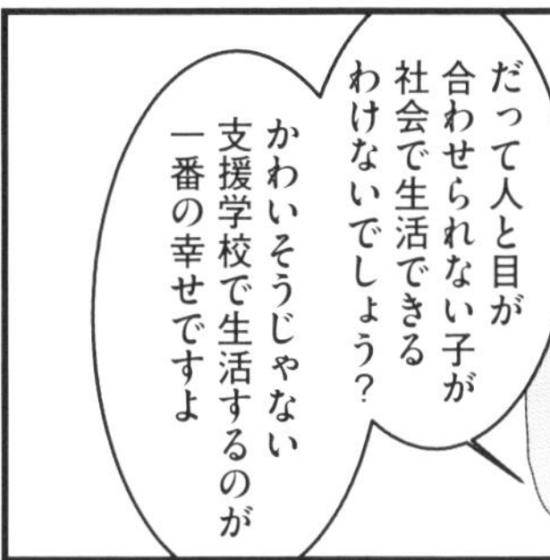
確かに長男は苦手な相手と目が合わせられないことがある
でもそれだけで入園できない理由になるのはおかしいと思い話してみるが…
だって人と目が合わせられない子が社会で生活できるわけないでしょう？
かわいそうじゃない支援学校で生活するのが一番の幸せですよ

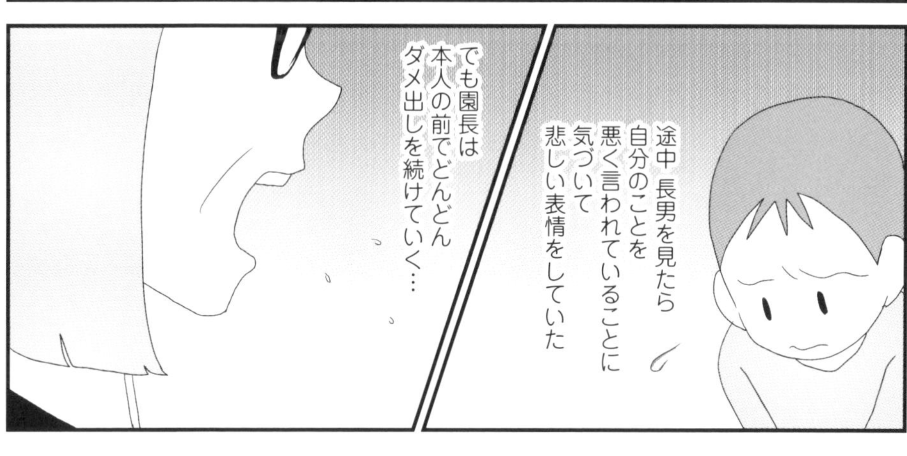
途中 長男を見たら自分のことを悪く言われていることに気づいて悲しい表情をしていた
でも園長は本人の前でどんどんダメ出しを続けていく…

結局 話は聞いてもらえず
願書も受け取ってもらえなかった

悔しくて 悔しくて
帰り道に長男の前で
泣いてしまった
ダメだと思っていても
気持ちを切り替えられず
沈んで過ごしていた

次の日
長男はつくし幼稚園に
行く途中
おかあさん

大丈夫 ぼく
がんばるからね
大丈夫だよ

そう言って
幼稚園に入っていった
長男はそれから数日間
模範的な幼稚園生活を
していたらしい

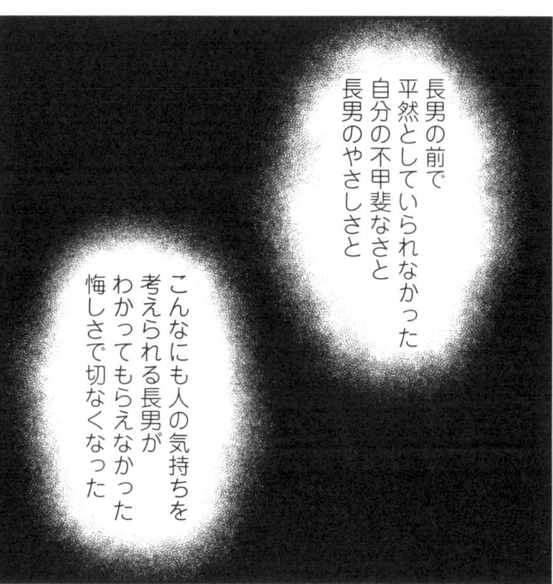
長男の前で
平然としていられなかった
自分の不甲斐なさと
長男のやさしさと
こんなにも人の気持ちを
考えられる長男が
わかってもらえなかった
悔しさで切なくなった

面談の話をしたら
先生も泣いてくれた
ママもそうすけくんも
辛かったですね…

保護者の集まりでも
面談のことを聞かれ
話していたら
また泣いてしまった…
実は…
えぇ〜!!
えー 何
その対応!?

そうすけくんなら
行けると思うんだけどな
もっと言葉も遅くて
オムツ取れていない子も
みんな一般の幼稚園
通っているし
うちも去年
願書は受け取ってくれたしちゃんと
協議してから結果くれたよ
結局 断られはしたけど
市や教育委員会に
話したほうがいいよ

私が去年 支援の幼稚園を
選んだのが間違い
だったのかな…

もうこの子は一般の
環境では生活できないの？

小学校も支援学校しか
選べないの？

私のせいかもしれない…

Aくんは
そうすけより成長が遅いけど
保育園に通っている
あー
Bくんは
暴力的で多動もあり
喧嘩もよくするけど
一般の幼稚園に
通っている
Cちゃんは
発語もないしオムツだけど
保育園にいるな…
なんで
そうすけだけ…
ダメだ 他の子と
比べちゃいけない
でも嫌な感情が頭から離れない…

私が間違っているのかな?
と悩んでいた時
リハの先生にも
聞かれたので報告したら
えー
断られた!?
そうすけくんが!?
うそー
驚いてる…
ってことは
一般の園も行ける
レベルだった
のかな??

後から聞いたら
私が住んでいる市は財政が厳しく
支援員などの加配の先生が雇えず
ほとんどの子に支援学校を勧める
ということだった
確かに役所も
古いまま…
お金ないの
かな…?
ボロ…
確かに他の市より
支援学校に通う子が多い…
他の市では
診断されている子でも
一般の幼稚園や小学校で
受け入れてくれると聞く…
これって仕方のないこと
なのだろうか…
モヤモヤモヤモヤ

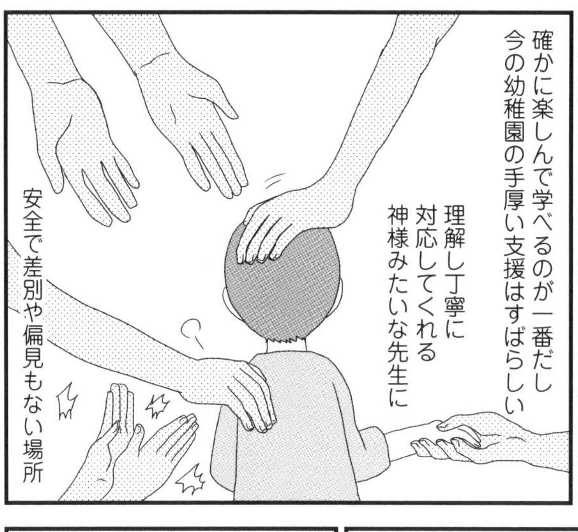

でも
長男はどうなんだろう…

役人の言う
「一番楽しく過ごせる場所」
が必ずしも
「一番成長できる場所」
ではないのではないか…

幼児期に楽しく
過ごすことも大事
でも…

この子は一生天界で
過ごすことが
できるタイプでは
ないみたいだし…

長靴

長男が初めて自分から意識して
周囲に合わせた瞬間でした

カメリヨン

11話

前に進むための「目標」が見つかった

あの日から数日
どうしたらいいのか
ずっと悩んでいた
一般の幼稚園に
入れたいのは
私のエゴなのかな
モヤモヤモヤモヤ
もうずっと支援学校
なのかな
私が長男を
障害児にしてしまった
のかな

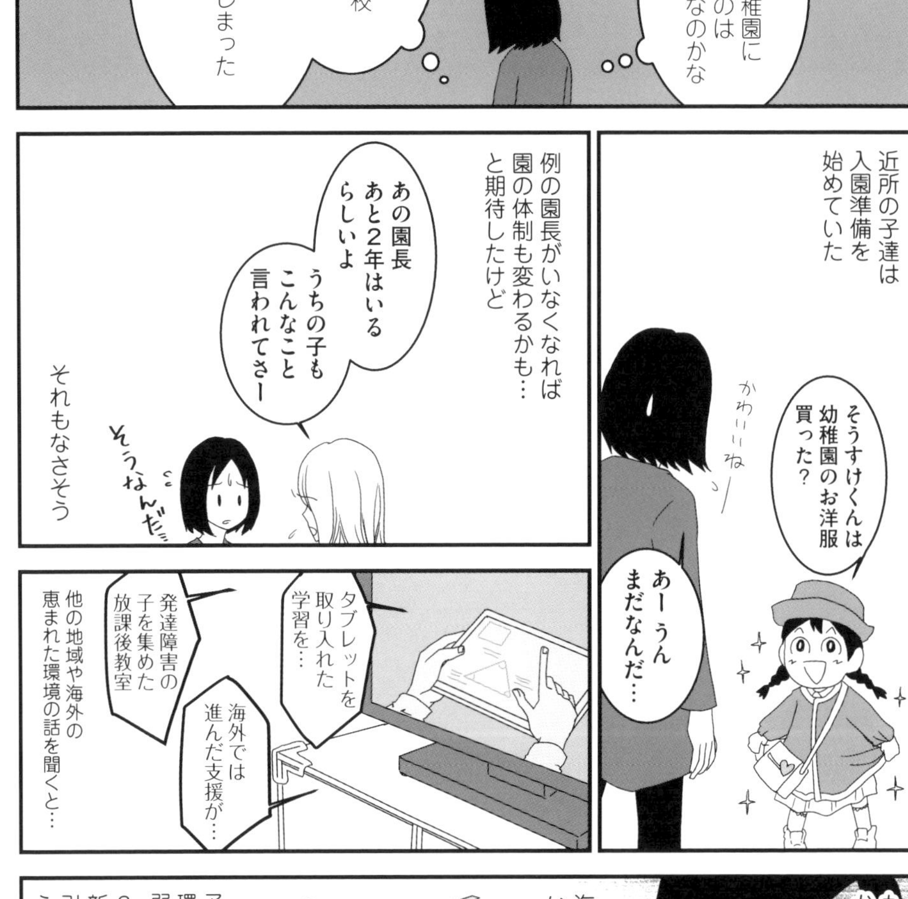
近所の子達は
入園準備を
始めていた
そうすけくんは
幼稚園のお洋服
買った？
かわいいね
あーぅん
まだなんだ…
例の園長がいなくなれば
園の体制も変わるかも…
と期待したけど
あの園長
あと2年はいる
らしいよ
うちの子も
こんなこと
言われてさー
そうなんだ…
それもなさそう
タブレットを
取り入れた
学習を…
海外では
進んだ支援が…
発達障害の
子を集めた
放課後教室
他の地域や海外の
恵まれた環境の話を聞くと…

もういっそ引っ越そう
かな
海外で暮らすのも
いいかも…
ビュオオオオオオ
子ども達は
環境の変化に
弱いと聞くけど
2人とも
新しいものは好きだし
引っ越しも好きだったから
うまくいくかも…

そんな現実逃避のような
引っ越しを考えていた頃
発達外来の定期健診があった
主治医に地元の園のことを
相談したら
実は…

ズバッ
そんな園
行く必要ないですよ
こっちから
願い下げです

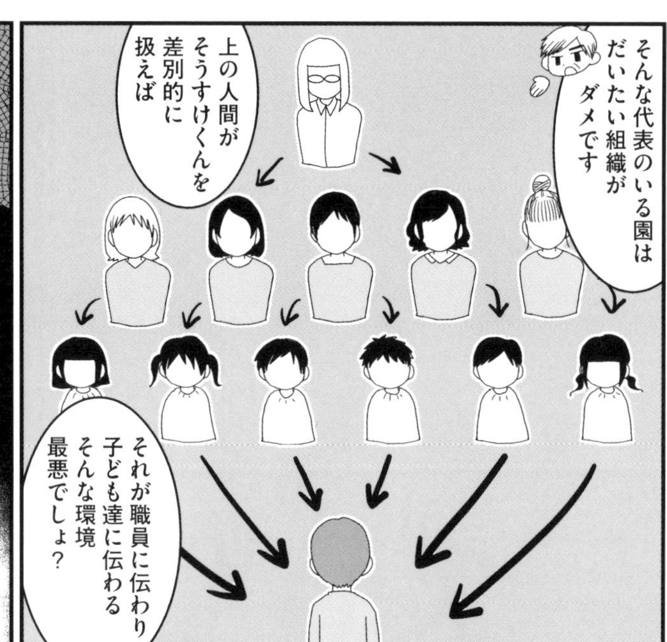
そんな代表のいる園はだいたい組織がダメです
上の人間がそうすけくんを差別的に扱えば
それが職員に伝わり子ども達に伝わるそんな環境最悪でしょ？

それが定着してしまえば小学校に上がっても彼の立場は同じになる可能性が高い

それなら地元にこだわらず他の場所で学び成長してから合流したほうがいい
地元の幼稚園
区外幼稚園
地元の小学校

確かに…でも同級生と一人だけ違う場所に行っても大丈夫でしょうか？

確かにこの子は切り替えが上手ではないから同級生に馴らせておくほうが良かったけど
そんな環境なら行く必要ありませんよ

通級…小・中学校の通常の学級に在籍している軽度の障害児が障害の状態に応じて特別支援学級などで指導を受けること。

自分の中でも
思うことはあったけど
地元という意識に
縛られて
抜け出せなかった
青空
幼稚園
つくし
幼稚園
地元

それを他の人に
切ってもらえたら
すごく楽に
なれた
地元

どの親御さんも
一番いい方法を
探そうとするんですよ
でも
一番じゃなくても
失敗ではないんです
確かに
時期からすれば
定型発達の子たちの
集団に入れるのが
望ましい
でも
現在のつくし幼稚園も
良い環境でしょう

今 無理して他に行くより
今の場所で学ぶのも良いかも
しれませんよ
そこで学べることも
多いはずです

確かにそのとおりだ
少人数だから一つ一つ
丁寧に指導してくれるし
成長に合わせて
課題を用意してくれるので
成功体験は多くできそう
後輩が入れば
上級生としての
立場も経験できる
子ども同士の会話や
団体行動は
あまり学べないけど
今の場所で学習する
ことも多い
つくし幼稚園
年少
うん 今はあせらず 2年目も
つくし幼稚園にお願いしよう
そして
落ち着いてから
その次の年の進路を考えよう
つくし幼稚園
年中

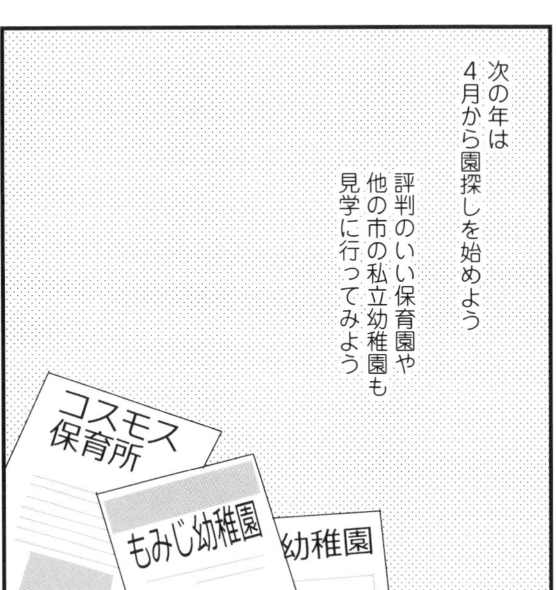
次の年は
4月から園探しを始めよう
評判のいい保育園や
他の市の私立幼稚園も
見学に行ってみよう
コスモス
保育所
もみじ幼稚園
幼稚園

目標は「通級」
私もなんとなく考えていたけど
専門の人に言ってもらえると安心した
ホッ

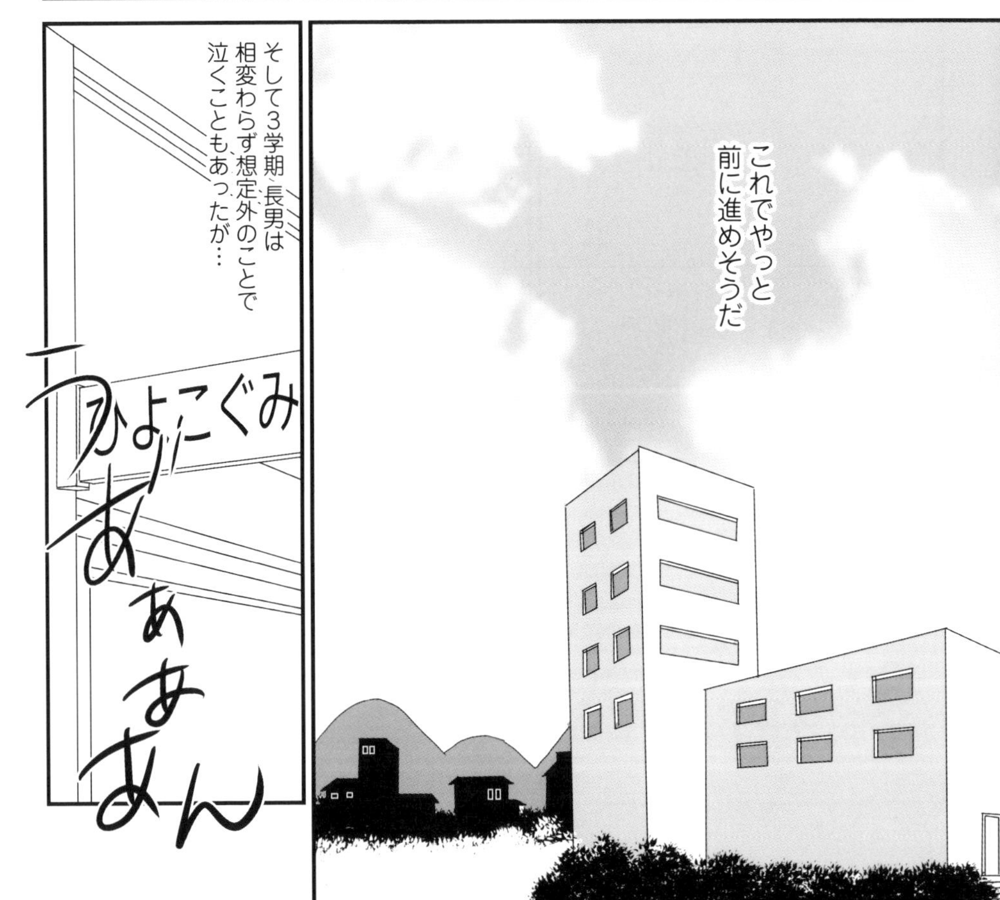
これでやっと
前に進めそうだ
そして3学期 長男は
相変わらず想定外のことで
泣くこともあったが…
ひよこぐみ
うあああん

進路のことが落ち着いて
見てみたら
大きく成長した長男に
気づけた

今までちゃんと
見てあげられなくて
ごめんね…

もう1年この場所で
成長する姿を
見守りたいと思った

カレンダー

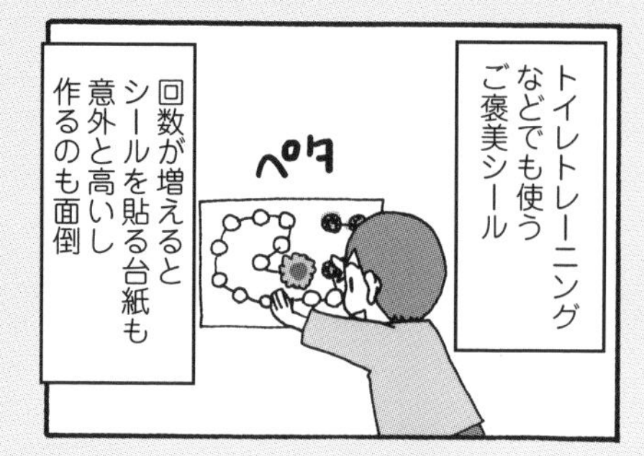

マスキングテープ

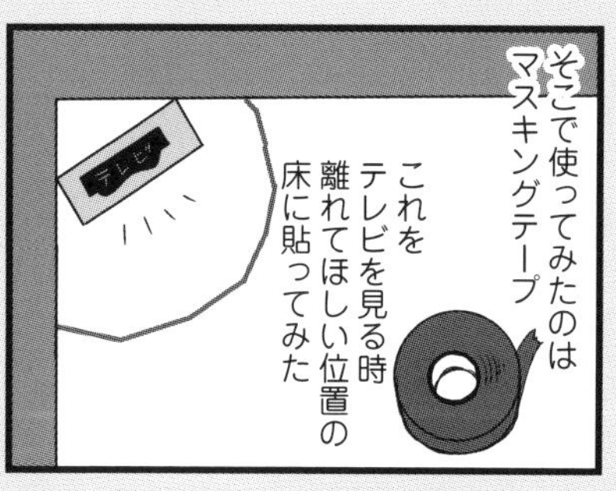

12話

「支援の幼稚園」という足かせ

つくし幼稚園2年目
担任の先生が変わった
教職員の人事は
事前に話せないので
変化に弱い子ども達にも
事前説明はなかった

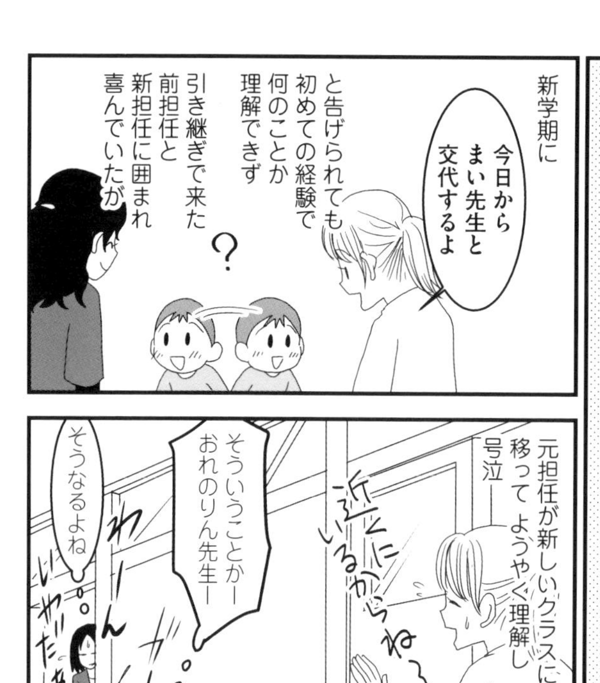
新学期に
今日から
まい先生と
交代するよ
と告げられても
初めての経験で
何のことか
理解できず
引き継ぎで来た
前担任と
新担任に囲まれ
喜んでいたが

元担任が新しいクラスに
移って ようやく理解し
号泣ー
近くにいるからね〜
そういうことかー
おれのりん先生ー
わーん
ガーン
いやだぁぁぁ
そうなるよね
でも新しい先生も去年から
大好きだった先生だったので
数日で立ち直れた
長男の好きな
先生でよかった
ホッ

でも
元担任との距離は急に
よそよそしくなり
=元担任がいる教室には
なかなか入れない
そうすけも
おいでー
こそっ

長男は
大丈夫そうだし
早速進路を探そう

地元の呪縛からも解放されたし
市外や県外も視野に入れて
探してみよう
次男の保育園も
今 長男の幼稚園に通いやすい
学区外だから一度は
転園しないといけないし
任せっきりでごめん
パパは転勤族で
同居してないから
この土地にこだわらなくても
いいし
私も今は通いの仕事はしてないし
幸運なことに住む場所は
自由に選べる
引っ越し代は
かかるけどね

まずざっくり
都会と田舎で
どちらがうちの子にとって
暮らしやすいか考えてみよう

都会のいいところは
制度が多く
新しい取り組みを
している場所が
あること
施設や
専門家も多いし
参加したい
子ども向けのイベントや
福祉の講演会も多い
それに
幼稚園や学校が多くて
選べる

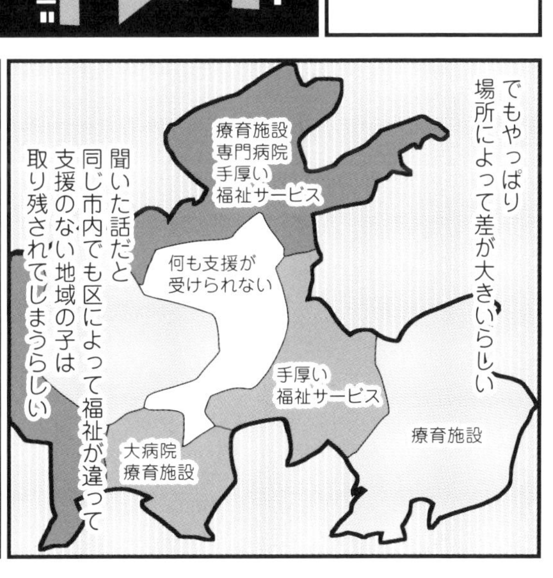
でもやっぱり
場所によって差が大きいらしい
聞いた話だと
同じ市内でも区によって福祉が違って
支援のない地域の子は
取り残されてしまうらしい
療育施設
専門病院
手厚い
福祉サービス
何も支援が
受けられない
手厚い
福祉サービス
療育施設
大病院
療育施設

その辺の福祉の違いって
引っ越す時にはわかりづらい
力を入れている行政でも
サイトだけだと詳しい内容がわからない

一方 田舎は支援施設
専門家 福祉サービス
どれも都会と比べて少ない
同じく地域差はあるようだけど
今 住んでいる地域は
遠くてもなんとか通える距離に
施設があるので これでも
恵まれているほうだと聞く

それでも支援学校に通うのに
長いと往復4時間はかかる
待つのが苦手な子ども達に
片道2時間は厳しい距離

逆に支援の少ない地域は
受け入れの幅が広くて
一般の幼稚園でも
入れない子はいないような
話を聞く
自閉症と
診断された子も
通っているらしい

それで良いかは
わからないけど
入園を断られた身としては
入れてくれるだけ羨ましい
ビリステーション
もっと田舎に
行くのもありかな?

そうですね…
○○市は受け入れは
広くて どんな子でも
入れるのですが
サポートは
何もないんですよ
なるほど
でも受け入れるだけで
何もしてくれない園も
多いらしい

療育ママ友も
○○市の保育園に
通っていたんだけど
本当に対応が
ひどかったよ

支援員を
つけてもらったのに
その先生は別の仕事を
与えられて うちの子
見てくれないの
たぷーん
別の場所に隔離されてて
迎えに行ったらオムツは
ぶら下がってるし
何時間放置されたの!?
って感じだったよ
それに行事は強制的に
欠席だし
この日は運動会
だからお休みで
いいですね
ガーン
参加は難しいかなとは
思っていたけど…

その前にいた保育園では
先生がよく見てくれていたから
自分でできることもあったのに
今はもうできないし
そんな先生が偉そうに
他の先生の前で
私は障害をよく
理解しています
どやーっ
みたいに言いながら
指導してるんだよ
ありえないっ

うちはその園と
同じ市内だったけど
担任がすごく
いい先生でね
わかりやすく丁寧に
うちの子に合わせて
考えてくれて
他の子と一緒に
舞台の上で
お遊戯や劇もしてて
感動したよー
今思うとあの頃が
一番できてたな…
フッ
確かにそんな
れおくん見たこと
ないかも…

住む家を考えると
断然田舎がいいかな
都会のワンルームの値段で
戸建ても借りられるから
騒音を気にしなくても
いいのはすごく楽
でも車がないと
何もできないのは不便
維持費もかかるし
今住んでいる市は税金も
すごく高い…

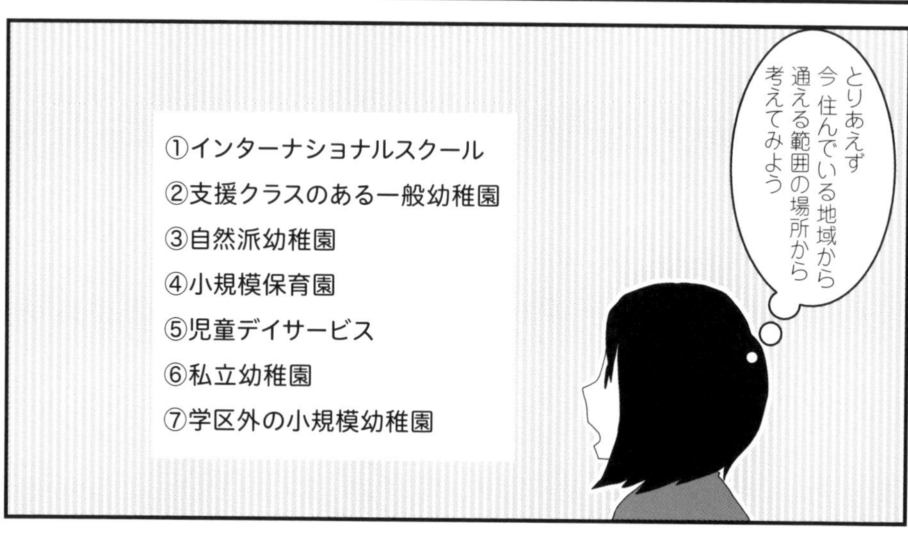
とりあえず
今住んでいる地域から
通える範囲の場所から
考えてみよう
①インターナショナルスクール
②支援クラスのある一般幼稚園
③自然派幼稚園
④小規模保育園
⑤児童デイサービス
⑥私立幼稚園
⑦学区外の小規模幼稚園

まずは
インターナショナルスクールの幼稚部
アメリカの教育などは
自由度が高くて
個性を尊重してくれるところが
多いと聞いた

その先の小学校も
座っていなくても
授業を続けてくれたり
教室への持込物も
一般の学校より自由な学校が
多いと聞く
凸凹のある子で
日本では仕事が
うまくいかなくても
海外で成功する人も
少なくないみたいだし
英語が学べれば
将来の選択肢が広がるかも?

ただ自由すぎるのが苦手な長男にはどうかな…
語学もついていけるか心配だし…
あと通えなくもないけど場所は一番遠い…
とりあえず保留
次は
大規模園の支援クラス
街中にありモデル園として支援クラスが導入されたばかりの幼稚園
活動はほぼ一般級で苦手な部分だけ支援級に来る小学校の「通級」のようなシステムがある
いちおう支援の担任の先生はいるが支援の勉強をしたわけではない普通の幼稚園教員
システムはいいんだけど大人数は好ましくないいな
じゃーね
しかも馴れるまで母子同伴
せっかく分離ができているのにまた同伴はどうなんだろう…
次に山の中で青空教室をやっている
自然派幼稚園
園舎はなく 山の中を歩き生き物や植物を観察し探検するという少し特徴のある幼稚園
通っている子の話を聞いたら大人数すぎて誰にも相手にしてもらえず
ぐったり…
2年間ずっと母子同伴した結果不登校になってしまった親子もいたらしい
クラスで1人 母子同伴で2年間は正直きついし子どもも自立が難しくなりそう…やめておこう

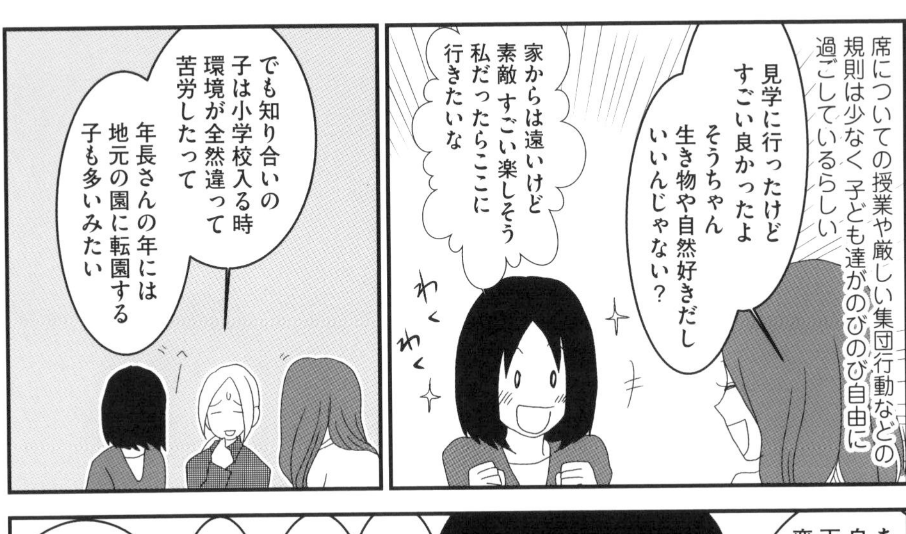
席についての授業や厳しい集団行動などの規則は少なく子ども達がのびのび自由に過ごしているらしい
見学に行ったけどすごい良かったよ
そうちゃん生き物や自然好きだしいいんじゃない？
家からは遠いけど素敵すごい楽しそう私だったらここに行きたいな
わくわく
でも知り合いの子は小学校入る時環境が全然違って苦労したって
年長さんの年には地元の園に転園する子も多いみたい

あとは予定が立てにくいよ自然相手だから季節や天候でその日の活動が変わったりするんだって
なるほど
見通しがとれないのは長男には難しいかも…
あと体力面も心配だな…
同じ凸凹の子でも自由に過ごすのが好きで走り回りたい子にはいいのかも…？
次は評判の良い
小規模保育園
評判どおりいい雰囲気だな
受け入れも広いと聞いたけど…
アハハハ
ワー
あのうちの子発達が遅れていて…
トイレや食事は自立しているんですが…
うちとしては問題ないですよ療育に通っている子もいるんですよ

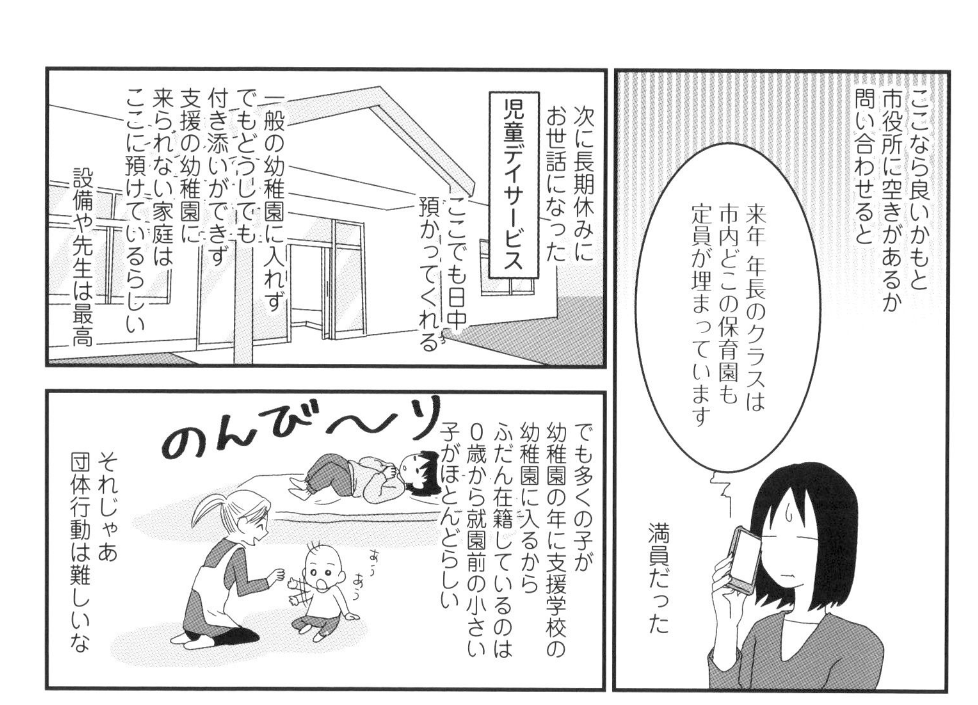
ここなら良いかもと
市役所に空きがあるか
問い合わせると
来年 年長のクラスは
市内どこの保育園も
定員が埋まっています
満員だった
次に長期休みに
お世話になった
児童デイサービス
ここでも日中
預かってくれる
一般の幼稚園に入れず
でもどうしても
付き添いができず
支援の幼稚園に
来られない家庭は
ここに預けているらしい
設備や先生は最高
でも多くの子が
幼稚園の年に支援学校の
幼稚園に入るから
ふだん在籍しているのは
0歳から就園前の小さい
子がほとんどらしい
のんび〜り
あうあう
それじゃあ
団体行動は難しいな

リハの先生にも
大きく分けると
児童デイは保育
つくし幼稚園は教育
って感じがしますね
この2つなら
そうすけくんは
つくし幼稚園が
良いと思いますよ
確かに

次に見学に行ったのが
私立幼稚園
一般の幼稚園より
お金はかかるが
先生が多く 異動もない
少人数で手厚く
見てくれるらしい
教育のレベルは高く
小学校低学年レベルの
音楽や
特別講師の英語など
学習内容が多い

確かに少人数で指示が伝わりやすい
朝の会もさりげなく全員の子に話を振っている
大勢の中で自分の意見を発表する場が多ければ相手にどう伝えるかとか表現力がつきそう
規則や団体行動も多いけど子どもがのびのびしていて楽しそう
この型にはまればいい環境かも

長男は自由すぎる集団生活や暗黙のルールは苦手だけど
どうしたらいいの!?
? ?
秩序の守られた落ち着いた空間は好きだ
いつもどおり次はこれをするんだな
予定どおりできるオレかっこいい
以前 りゅうくんママにも
そうすけくんはさ型にはまったほうがきっと楽だよー
と言われた

でもレベルの高い型は合わなかった時に自己肯定感を下げてしまうかな?
高度な教育は半分くらいの子しかついていけないみたいだし一人じゃないなら大丈夫かな…?
長男を連れて体験に行ってみたら音楽や英語をとても楽しんでいて
同級生と会話したり一緒に遊ぶこともすごく嬉しそうだった

しかし後日
一人で面談に行ったら
こちらには
専門家がいないので
お受けできません
と断られた
長男に何か問題が
あったわけではなく
「支援を受けられる
幼稚園から来た子を
受け入れた前例がない」
という理由だった

手厚い支援を
望んでいるのではなく
今のままの教育で良いことを
伝えるものの…
私に言われましても
困ります
これは代表の
考えですので
と経営者の一存で
聞いてもらえなかった

また
「支援の幼稚園」
に通っていること
が原因だった…
支援を受けるって
こんなにも重いこと
なのか…

後日 こんな話を聞いた
私立
ダメだったー
そうか…昔
話を聞いたけど
保護者からの
クレームがすごかった
らしいよ
「高い授業料払っているのに
子どもの出来が悪い」って
もともと入っていて
診断ついた子は
そのまま在籍してる
みたいだけど 発表会では
隅の席に座らされたり

確かに…そういう園なら
長男が入園して少しでも
全体の足を引っ張れば
保護者からクレームがくる
可能性もあるのかも…
ポヤ〜
集合しまーす

幼稚園側の言いぶんも
わかる
やっぱり
迷惑なのかな
うちの子…

最後に残ったのは
さらに田舎の
小規模幼稚園

1クラス10人前後の
小さな園だった

見学に行くと
今まで見た中で一番落ち着いている
でも縛られている感じじゃなく子ども達がのびのびしている

先生の説明はとてもわかりやすく一度に全部指示をせず小分けにして話してくれる
子ども達もおとなしいのでよく話が聞こえた

間違えて理解している子には
かずくん ここはこうやるんだよ

先生がすぐに見つけ声をかけ
遅れている子をさりげなくフォロー

無理やりでも特別手厚いわけでもない自然なフォロー
この環境すごい理想かも…

そして そんな先生を見ているせいか
子ども達もお互い自然と
助け合っていた
コップは向こうに
置くんだよ
一緒に行こう
以前つくし幼稚園から
体験に来た子も
自然と受け入れてくれたと
聞いたことがある

くるくる
これはどこの園でも
できることではない
子ども達に笑われたり
先生に無視されたり
放置されたり

あからさまに
邪険にする園もあると聞く
どうせ
できないんでしょ

私立や地元の園と違い
学習の内容もレベルが
高くなくゆったりしていた
でも全員ができるように
しっかり教えている
ような印象

いいな…
長男にこの幼稚園
すごく良いかも…

13話

転園先探しと立ちはだかるもの

悩んだ末
小規模幼稚園への転園を
視野に入れた体験に
行きたいと
つくし幼稚園に
伝え

園から市役所に
連絡して
もらったが…
○○園への
体験をお願い
したいのですが

市役所からの返事は
「居住地以外の
幼稚園には
入園できない」
とのことでした
ええ!?

幼稚園を選ぶ制度が
そもそも存在しないの
この自治体には!?
何それ!?

その後 保護者と担任と
市の役人との話し合いの場を
もうけてもらったが…
今日は担当の者が
いませんので
私が話を聞きます
なんで!?

今の長男には
小規模の幼稚園が
望ましいということを
丁寧に説明
したが…

でもそれ
お母さんの
意見ですよね…
ととりつくしまもなく

親のエゴで
正しい判断ができて
いないのではないか
本人にとって一番楽しい場所は
支援学校のはず
ずっとそこで暮らすのが幸せ
他のところに入れるなんて
かわいそう
今だけを見てないで
もっと先のことを見て
本人のために
考えてあげたほうが
いい
と長男のことも
支援学校のことも
な――んにも
知らない 何の資格も
勉強も経験もない役人に
偉そうに
説教され…
イライライラ
とうとう
ブチ切れて
しまった
ブチッ
話し合いって
いつも
何も聞いて
くれないじゃ
ないですか
何も
知らないのに
勝手にあなた達が
決めないで
ください
先のことを考えて
私は支援のない
幼稚園を希望して
いるんです
ばぁ

役人の反応は
あー 面倒くさい
またモンペが来た
ハッ
ア〜
というような態度
それを見ていた担任が
キリッ
私たちも
そうすけくんは
このまま
支援学校が望ましいと
考えていません

今の長男の状況を
「保護者ではない
特別支援教育の教師として」
話してくれた

嬉しかった

でも役人は
その話も
たいして聞かず
えー でもー 支援が
必要だから今そこに
いるわけでしょ？
まあ担当者には
伝えておきます
けどねー
ぐち
ぐち
ぐち
ぐち
最初から答えは決まっているけど
「市はちゃんと話を聞き対応しました」
ということにしたいような雰囲気だった

結局何も決まらないまま
「担当に伝えておきます」
とだけ言われ
話し合いは終わった
すみませんでした
冷静に話せなくて
でもいつもこんな感じで
何も聞いてくれないんです
市役所の方は…

これはひどいです
私も
いらっとしました
そうすけくんのこと
何も知らないのに…
お母さん

私たち幼稚園の職員は
そうすけくんが
進むべきなのは
支援学校の小学校ではない
と考えています
今度ちゃんと
市の担当の人と直接
話し合いができるように
管理職の先生に
話をしてみます

お願いします
力になってくれる人ができたことが嬉しかった…

それにしても市の対応は腹が立つ
支援学校に通っている子は全員 健常者とは一緒に過ごせないっていうの？

支援を受ける前はどこに行っても気にしすぎだと言われ相手にしてもらえず

いざ支援を受けると今度はそれ以外から対応できないと弾かれる

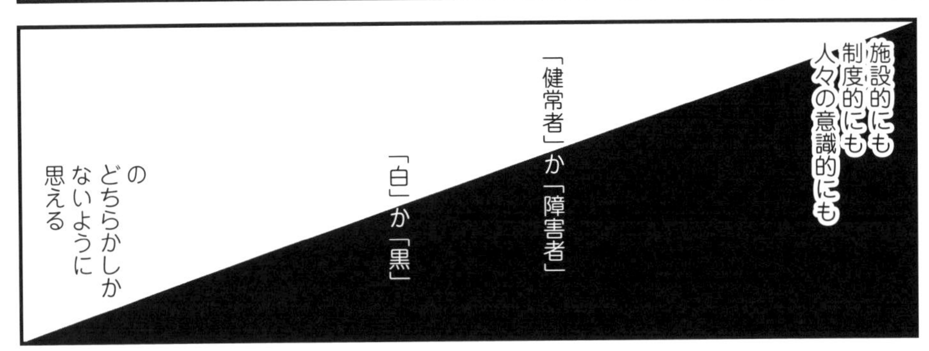
施設的にも制度的にも人々の意識的にも
「健常者」か「障害者」
「白」か「黒」
のどちらかしかないように思える

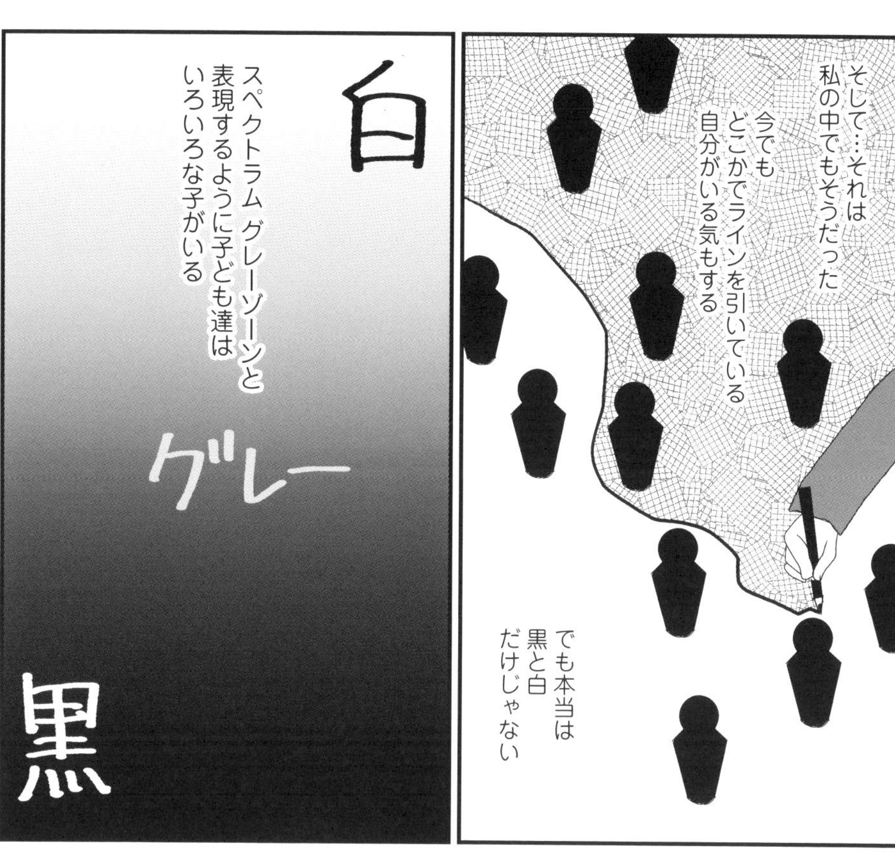
そして…それは
私の中でもそうだった
今でも
どこかでラインを引いている
自分がいる気もする
でも本当は
黒と白
だけじゃない
白
スペクトラム グレーゾーンと
表現するように子ども達は
いろいろな子がいる
グレー
黒

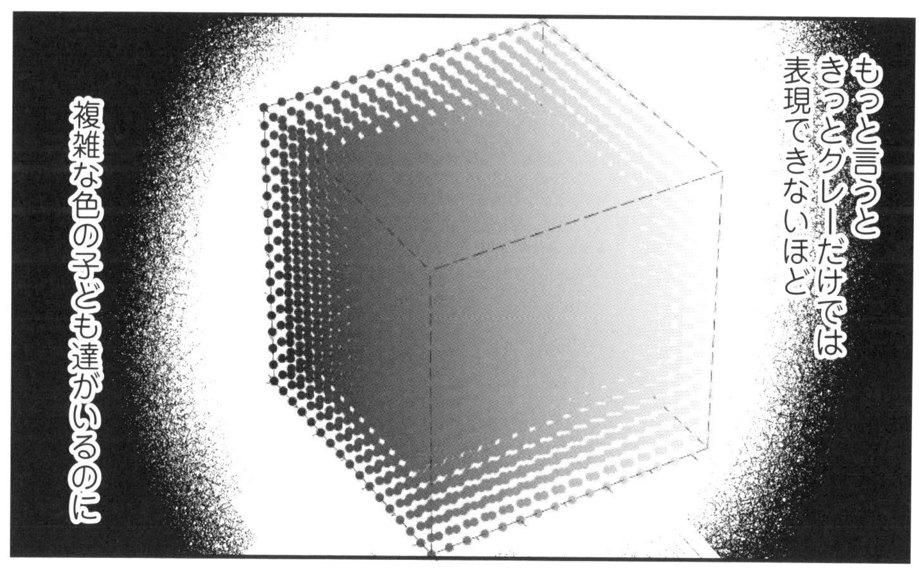
もっと言うと
きっとグレーだけでは
表現できないほど
複雑な色の子ども達がいるのに

白
ッ
ゴリ
社会の受け入れ方は「白」か「黒」だけなのだ
制度
黒

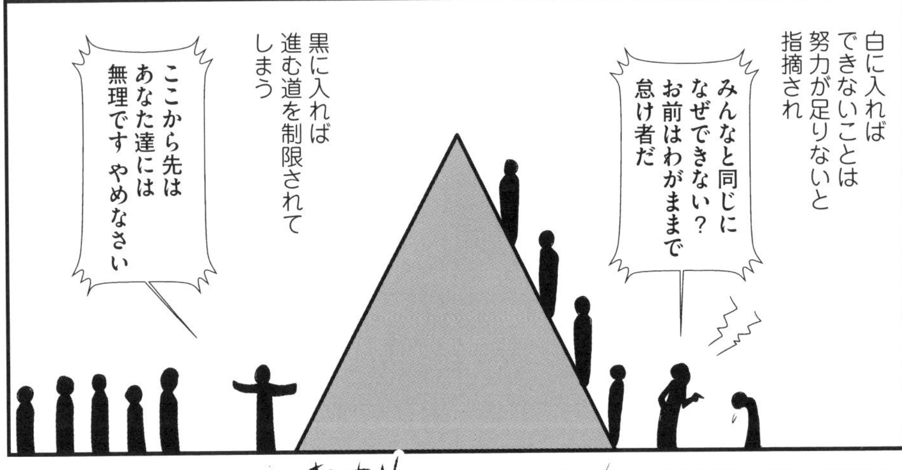
白に入れば できないことは 努力が足りないと 指摘され
みんなと同じに なぜできない？ お前はわがままで 怠け者だ
黒に入れば 進む道を制限されて しまう
ここから先は あなた達には 無理です やめなさい

私は長男を いつでも特別に扱ってほしい わけではなく
うちの子は ハンデが あるの
だから 特別にされて 当たり前でしょ
何をしても 悪気はないの 自閉…
凸凹を理解してほしいと 押し付けているつもりもない

ただ…
できれば誤解しないでほしい
とは思うかな
確かに周囲より
できないことはあるし
周囲より助けが
必要な時もあるけど
怠けているわけでも
ふざけているわけでもなく
不器用ながら
必死に頑張っているから
でも関係ない人達
からすれば
勝手な考え
なんだろうな
その後
落ち着いて
考えてみたら
でもこれは
誰が悪いって
問題ではないん
だろうな…
なんてふうにも
思えた

イラ
イラ
長男を定型発達の子の
集団に入れるのは
そんなに迷惑なの？
凸凹のある人間は
周囲が求める社会に
必要ないの？
完璧を求めて
平均以下の人間を
切り捨てていったら
次に切り捨てられる
のは誰だろう…
ムッ
そもそもこの国には制度が
まだちゃんとできていない
昔から同じような子はいたけど
認知され 支援が増えたのは
最近の話だと聞く
今はまだ制度を作る
途中なのかもしれない
そんな中で地方の
財政のない行政が
利益が出るわけでもない福祉に
力を入れられないのは理解できる
ザク
ザク
定型
支援

市の役人も
大変なのかも
去年 仕事のせいで
鬱になった人も
いたな…
どんな仕事も
楽ではない
んだろうな…

とはいえ
泣き寝入りする
問題でもないはず
問題は窓口の対応や
支援の幼稚園以外の
教職員の知識の少なさ
だけではなくもっと
広いことなんだろうな

そういえば以前
福祉の学校に通っていた頃
熱心な先生がいて
よくこう話していたな
日本の福祉は遅れています

日本は戦後福祉を捨てて
経済の発展を重視してきました
だから施設や制度
人材すべてが
他の先進国に比べて
遅れているんです
社会が不安定になれば
福祉が切り捨てられます

だから戦争なんて…
あの政治家は…
いい先生だけど
熱くなりすぎて
政治批判が
始まるんだよな…
うーうー

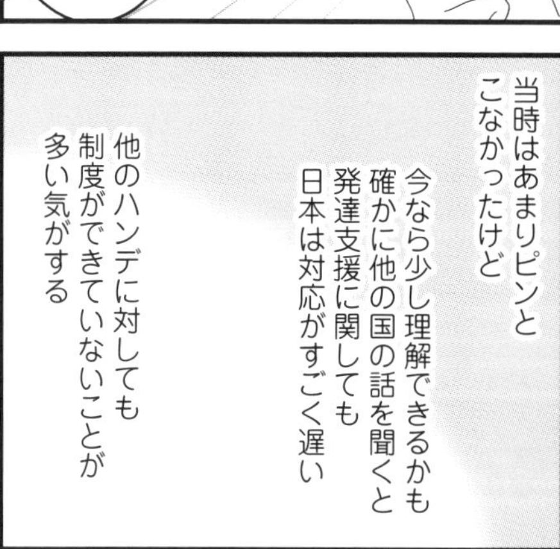
当時はあまりピンと
こなかったけど
今なら少し理解できるかも
確かに他の国の話を聞くと
発達支援に関しても
日本は対応がすごく遅い
他のハンデに対しても
制度ができていないことが
多い気がする

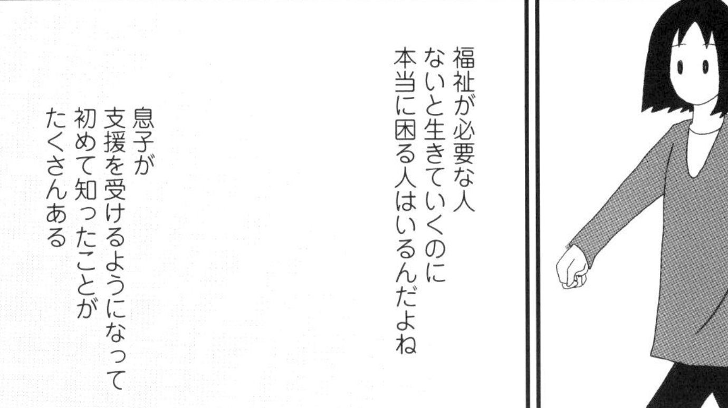

長男を妊娠してから
歩くスピードが
どんどん落ち

9ヶ月頃になると
信号が変わってすぐに
渡り始めても
青信号のあいだに
たどり着けなく
なってしまう時があった

そして社会のシステムはこの横断歩道みたいに多数派に合わせて作ってある

だから少数派の人は生活しにくい

でもそれは少し支援することで同じように生活できる場合もあるんだ

横断中

だけど少数派の意見は問題なく生活している多数派には理解しにくい

多数派の物差しで測ったらわがままだと誤解されてしまうかも

すぐに何か変わるわけではないけど
少数派の意見を伝えることで
他の人も意識して
考えてくれるかもしれない

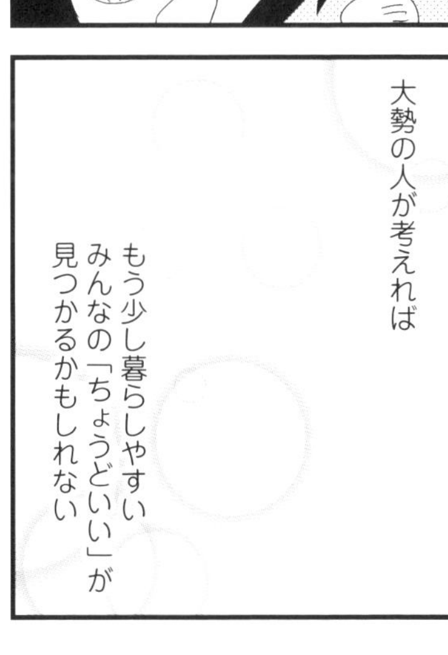

頭の整理

モヤモヤ
不安
希望
私は頭の中がごちゃごちゃして疲れてしまう時がある
どうしたらいいかわからなくなってきた…

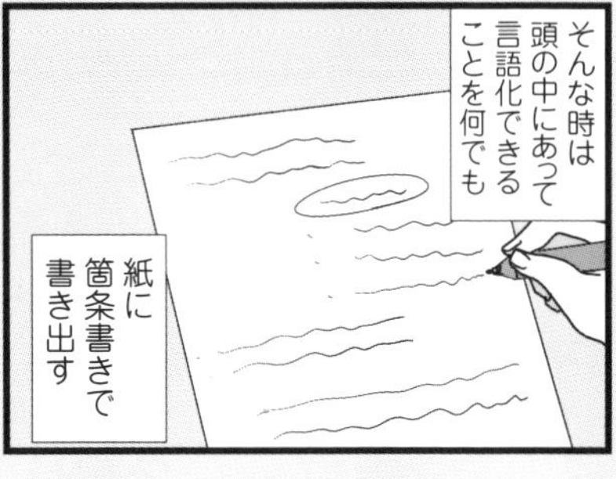

そんな時は頭の中にあって言語化できることを何でも
紙に箇条書きで書き出す

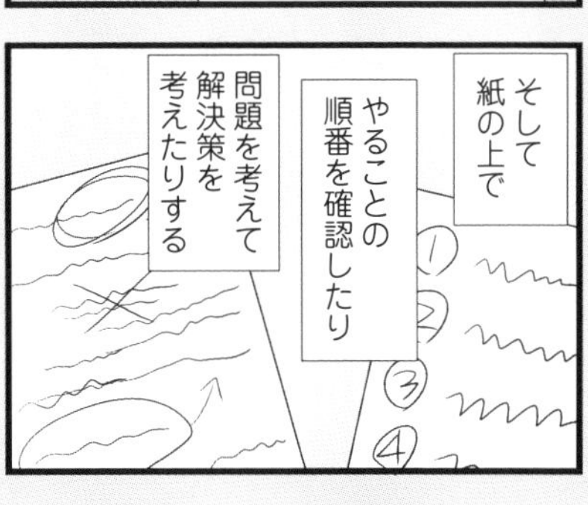

そして紙の上で
やることの順番を確認したり
問題を考えて解決策を考えたりする

そうすると問題が解決してスッキリできることもある
そうかいろいろな気持ちがあったけど私は今こうしたいんだ　だから今はこうしよう

保育園コーデ

お下がりでもらう古着中には数十年前の代物や私の好みとはちょっと違う服もある
おお！これはなかなか…
これを着こなすセンスは我が家にはない…
でもサイズはちょうどいいから保育園の着替え用にしちゃえ

そして服のことなどすっかり忘れたある日のお迎え…
今日は帰りにスーパー行って買い物してから帰ろうかな…
あゆむくんママ来たよー
てろてろ

おかーちゃ
ジャーン

…うん
まっすぐ家に帰ろう…

14話

新しい幼稚園と迷う心

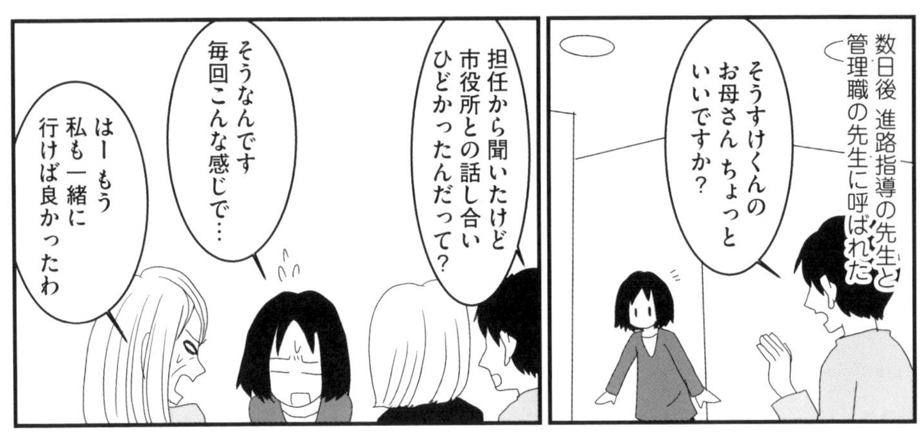
数日後 進路指導の先生と管理職の先生に呼ばれた
そうすけくんのお母さん ちょっといいですか？
担任から聞いたけど市役所との話し合いひどかったんだって？
そうなんです毎回こんな感じで…
はーもう私も一緒に行けば良かったわ

いいお母さんこれは泣いても押してもダメ
交渉なのだから私にまかせてちょうだい
という先生に託すことにした

リハでは
こんにちは
そうちゃん来年の進路決まりました？
実は…

えー何ですかそれ!?

親の意見なんて意味ないんですね…
ハア…
いやいやいやまず親の意見を聞くことが大事ですよ
そこを無視するなんておかしい

そうだ

専門家の意見を重視してくるなら主治医の先生に一筆書いてもらって市役所に提出してみてはどうですか？

なるほど…医者の意見なら効力ありそう…
来月診察あるし聞いてみよう

そして発達外来へ
なるほど一筆ね…
はいお願いできないでしょうか？

診断書だとお金もかかっちゃうし趣旨が違うかなこんな感じでいいなら使ってください
ササッ
ありがとうございます
でも

これを出さないと入れないような幼稚園なら環境としていいと言えるかわかりませんよ

確かに…
そうですね…私もそれは考えていました…

でも話を聞くかぎりその幼稚園は確かにそうすけくんに一番いい環境でしょうね
そこは汽水と考えるといいでしょう
汽水？淡水と海水の混ざった場所のことですか？
そうです

支援の幼稚園を
淡水
地元の小学校を
海水と考えて
その海に行くまでのあいだの
場所だと思ってください
淡水
汽水
海水

魚だって
淡水から海水に
直接行ったら適応できず
弱ってしまう
だから行く途中に
汽水で体を馴らすんです

その小規模の幼稚園を
そんな場所だと考えると
いいと思いますよ
なるほど…

その後
進路相談の先生や
管理職の先生が動いてくれ
無事に体験に行けることになった
ちなみに後日 市の担当者に話を聞くと
居住地以外でも
幼稚園は通えますよ?
しれっ
と言われた
なんだ
それ!?
んんえ!?
前回の話し合い
で何言っても
無理って
言ってたじゃん

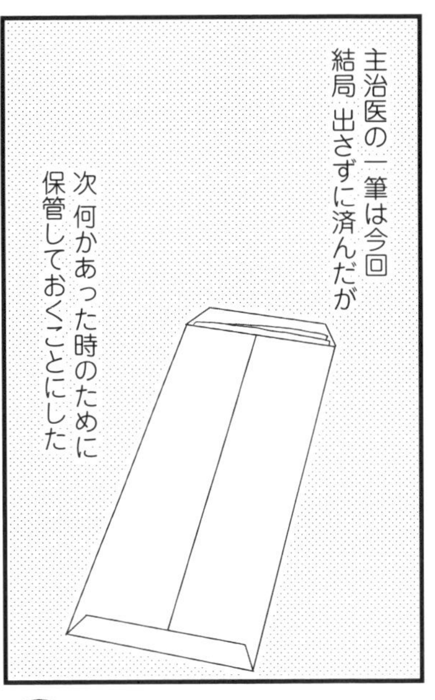
主治医の一筆は今回
結局 出さずに済んだが
次 何かあった時のために
保管しておくことにした

そして体験入園の日
新しい幼稚園に
遊びに行くの？
どんなとこかな？
おもちゃがあるかな？

つくし幼稚園の
担任の先生と相談し
体験へは母子分離で
担任の先生と
一緒に行くことに
した

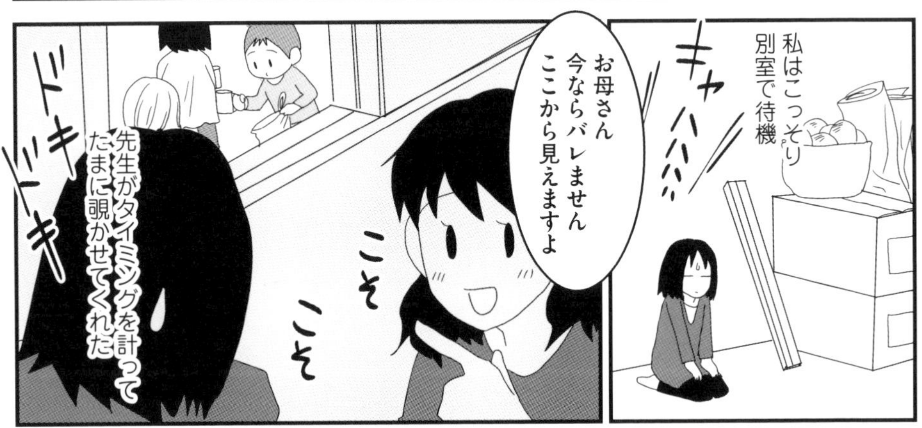
私はこっそり
別室で待機
キャハハハ
お母さん
今ならバレません
ここから見えますよ
こそ
こそ
先生がタイミングを計って
たまに覗かせてくれた
ドキ
ドキ
ドキ

他の子と並んで
座り話を聞く
並んで歩く
先生の指示を
静かに待つ
ピシッ
初めての経験に戸惑いつつも
長男は周囲に合わせていた
つくし幼稚園では
誰かが歩き回っていたり
喋っていたりするからな…

ドッジボール
鬼ごっこ
だるまさんが転んだ…
初めて経験するルールのある
集団の遊びも参加した
支援の幼稚園だと
個々の発達に差があるから
集団でルールのある
遊びをする機会は
ほとんどない

経験がないので
ここでも
戸惑う場面も
あった
ようだが

同級生や先生が
一声かけると
一緒にやろう
ドッジボールはね
ボールに当たったら
外に出るんだよ

スムーズに参加していたという
バイン
でも弱くて
すぐにやられた
らしい…

帰宅後も
楽しそうに
幼稚園での体験を
話してくれた
ドッジボールは
当たったら
外に出るんだよ
キャ キャ
よく知ってるねー
そうなんだ
楽しかった？

うん
楽しかった
だるーん
ドス
でもめっちゃ
疲れたよ 明日は
りゅうくんと
遊びたい…
体験もまた今度
行きたいけど
そっかー
それなら
良かったね

その後も数回
新しい幼稚園の体験に通った
毎回 終わった後は
くたくたに疲れて
疲れたー
動けないー
ハア…
というものの
また次回を楽しみに
待つようになっていた

つくし幼稚園の先生も
距離を置き隠れて遠くから
だんだん見守るように
なった
長男は
それでも一度も癇癪を
起こさずに落ち着いて
過ごしていた
担任からの報告でも
落ち着いてますね
周囲の子も先生も
そうすけくんに
合っているよう
ですね
と好印象

でも行政からは
「居住地外」
であることを
指摘された
地元の小学校で
考えています
この先の小学校は
どうするつもり
なんですか?
せっかく
仲良くなっても
友達と離すつもり
なんですか?
うーん…地元以外の保育所や私立に
通ってた子は 小学校1年生の最初に
つまずく子が多いとは聞くな…でも
2学期までには友達作っている子が
ほとんどだよね…

それに長男の場合
あまり友達に
執着しないほうだから
そんなに気にしないんじゃ
ないかな…？
良いのか
悪いのか…
あんなに仲の良かった
ゆうくんが転園しても
そんなに気にしていなかったし
それとも
成長するともっと
意識するように
なるのかな？
いちおう小規模園の地域にある
小学校の話も
聞いてみた
山上小はさ…
すると…
山上小ママ

荒れる学年があるよ～

え？ なんで??
幼稚園すごい
落ち着いてるじゃん
保育園のほうは
のびのびしすぎて
やんちゃな子が
多いんだよね
それに
施設の子がいる
からさ
施設？
施設とは
親がなんらかの理由で
育てられない子どもを
預かっている養護施設のこと
それが
山上小の学区内に
あるらしい

施設の子のなかには
問題行動を起こす子もいて
先生はその対応に追われ
他の子のことはおろそかに
なりがちだという…
そうなんだ
知らなかった…

本当に困るよ
このままじゃ中学は
もっと荒れるよ
そうだね…

あれ？
でも
この話って

発達障害児も
似ていない？

多動で落ち着きがない子や
歩き回る子がいると
つられて騒ぐ子が増えて
授業ができないとか
先生が特性の強い子の
対応に追われ
他の子がおろそかにされたって
話も聞いたことがある…
私達もこんなふうに思われているのかな？
定型発達の子と一緒に
過ごさせたいなんて
やっぱり
迷惑なのかな？
でもさ

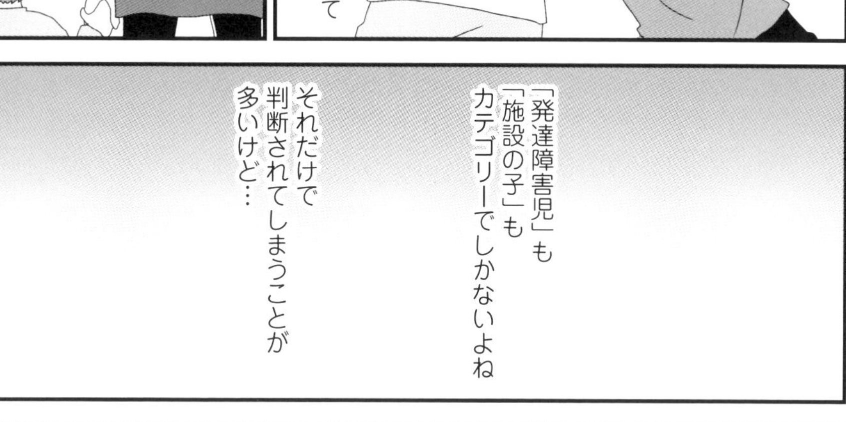
「発達障害児」も
「施設の子」も
カテゴリーでしかないよね
それだけで
判断されてしまうことが
多いけど…

全部の子が
問題を起こすわけではない
一般家庭で育った
定型の子のなかにだって
問題を起こす子は
いるし
育った環境や
持って生まれた特性だけで
何かを判断することは
できない
そういえば一緒に
働いたことあるKさん
施設で育ったって
言ってたな
面倒見のいい人で
信頼されてた…

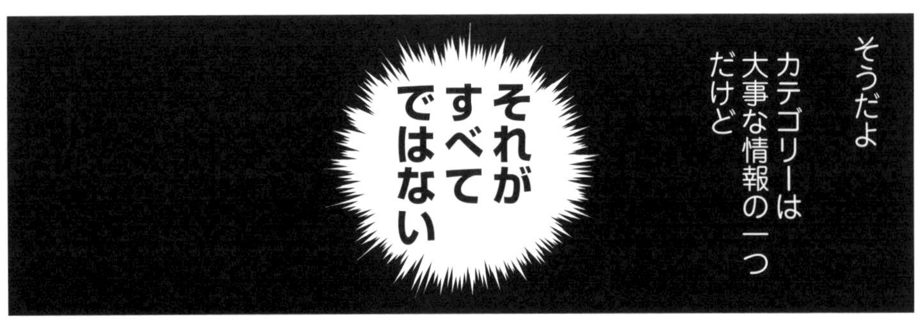
そうだよ
カテゴリーは大事な情報の一つだけど
それがすべてではない

以前バイトの面接で私自身が言われたことを思い出した
もんずさん血液型は何？
え？☆型です
なんで血液型？工事現場でもないのに??
？

仕事をするのに相性って大事なの
×型や△型の人っていい加減で自分勝手じゃない
チームの輪を乱すから効率悪いの

面接で血液型聞かれるの初めてです
なぜですか？

そうなんですか…
でもそんな人ばかりではないよね？

昔のバイト仲間のBさんも△型だけどまじめで仕事も速いし
Cさんは×型だけど気遣いの上手なムードメーカーだったな
もしBさん達がこんな形で差別されて
仕事を左右されるならこの考え方は嫌だな…

血液型 星座 年齢 性別
出身地 職業
つい人をカテゴリーで見てしまう
ことも多いけど
すべてが当てはまるわけでは
もちろんないんだよね

たとえば
日本人女性で東京出身で東京在住の
25歳おうし座B型の人はみんな同じ個性？
違うでしょ？

双子や三つ子だって
違う個性を持っている
のだし

もちろん共通する部分も
多いかもしれないけど
でもそれだけで
判断すべきじゃない
よね
自分ではね…
私だってADHDだけど
それが私のすべてでは
ないと思っている

とはいえ
自分の感性が信用できないぶん
私もカテゴリーを
判断材料に使っている
こともある…
気をつけたいな…
そして山上小…聞いた話が本当なら
周囲にも長男にも
望ましい環境ではなさそう
避けるようで複雑だけど
小学校は地元のほうが
良いのかな…
また考えが
まとまらないな…
ハァ…

りんごアメ

静かなパニック

15話

親子で一緒に乗り越える

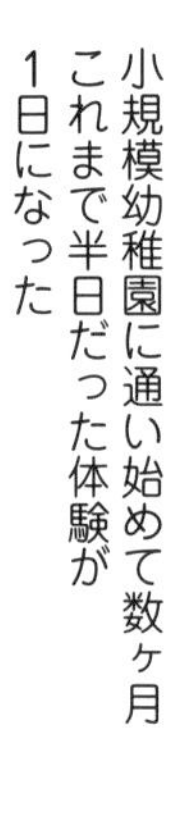
小規模幼稚園に通い始めて数ヶ月
これまで半日だった体験が
1日になった

長男は偏食が多いので
給食は心配していたが…
今日は
完食しました
フフン
まさかの完食
うそ!?
献立に一度も
食べたことない
トマトとか佃煮って
書いてあったのに

ここまでずっと
いい子すぎて
逆に不安
がんばんなきゃ
いい子に
しなきゃ
我慢しすぎて
どこかで爆発
するのでは…
ダラ〜ン
と思っていたら
支援学校では
完全にオフモード

何もしない日々
疲れたー
動けないー
運動できないー
ゴロ
ゴロ
入園2日目でできていた
お支度もしなくなって
しまった
ここはオフの場として
様子見てていいのかな?

一方 小規模園ではだんだんと
緊張がほぐれたようで
困った時は
担任に伝えられるように
なった
先生 これ
どうやって
やるの？

まだ数回しか
来ていないのに
すごいですね
良かった 困った時
自分から聞けるか
心配だったんです
これができれば
なんとかここで
生活できるかも

そして入園願書
受け取りの季節がやってきた

長男の進路は正式に
この小規模園に決め
願書を受け取りたいと
園長に話すと
あははは～
急がなくていいですよ
本来は今月に願書提出
ですが 来月に2回目の
給食体験があるし
その時でいいですから～

そう言われ翌月に
もらってすぐ記入して
迎えの時に
願書を渡したら
やだ～
ほほほほ
まだ受け取れないんです
必要になったら
伝えますから～

さようなら〜
これはどういうこと
なんですかね？
この先 どうすれば？
なんででしょう？
私もよくわからなくて
すみません…
その後 冬が来ても
園からも役所からも
連絡はなく
3学期が始まってしまった
通常11月頃には
次の年の進路が
確定しているのに…

行く先々で会う人に
長男の進路を聞かれ
そうすけくん
来年決まりました？
実はまだ…
えー
なんで⁉
いろいろ
ありまして…
なんですか
それ
転出する子には
事前に説明や準備が
必要なのに その時間も
ないじゃないですか
子どものこと
どう考えているん
ですかね
と周囲の人達から
心配された

本当———に
そうですね…
誰に話しても
同じ意見…
役人は何
考えてるの⁇
なかなか決まらないので
会議の席に参加する
先生に 以前 主治医に
書いてもらった一筆を
渡した

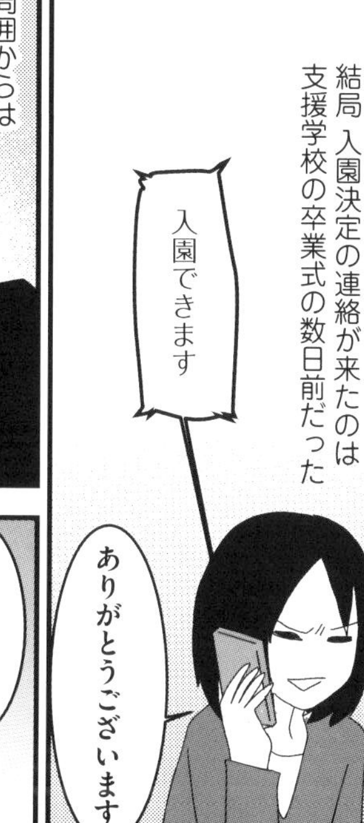

落ち着け
クラスの担任の先生は
すごく印象が良かった

担任は
まだ園に来たばかりだし
どうか来年もあの先生に
当たりますように

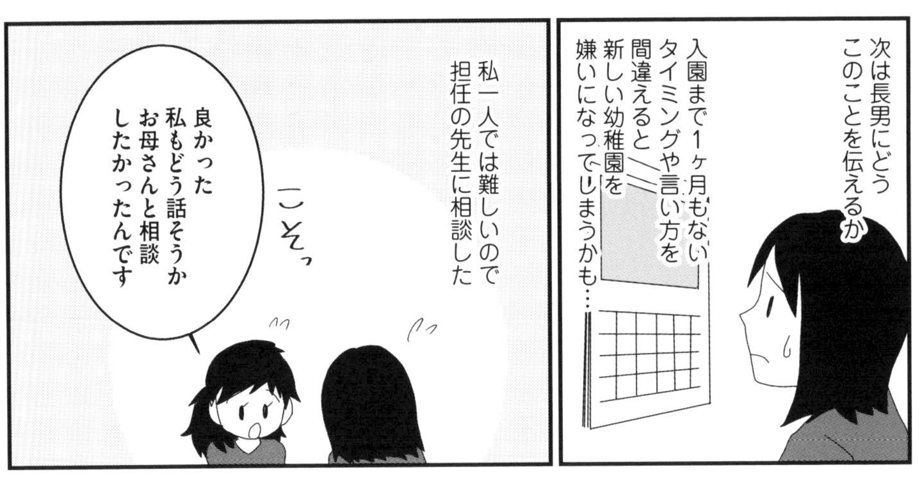
次は長男にどう
このことを伝えるか
入園まで1ヶ月もない
タイミングや言い方を
間違えると
新しい幼稚園を
嫌いになってしまうかも…
私一人では難しいので
担任の先生に相談した
こそっ
良かった
私もどう話そうか
お母さんと相談
したかったんです

でもそうすけくんは
まったく予想していない
わけではなさそうですよね
たとえば以前は
来年は ぼくも
りゅうくんもキリン組
(年長)だね
って話していたのですが
最近は
りゅうくんは
キリン組になるん
だよね
って言い方するんです

そういえば
家でも
○○園でやった
工作楽しかったな
また行きたいな…
はっ
は
いやいや
あでも
○○園は楽しいけど
疲れるんだよ
おれはりゅうくんと
まい先生が
大好きなんだよな～
なんて話している
時がある

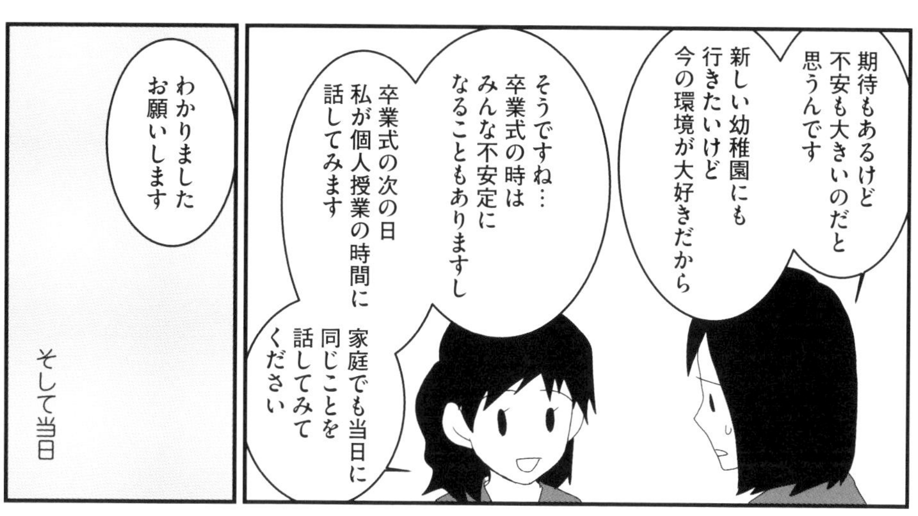
期待もあるけど
不安も大きいのだと
思うんです
新しい幼稚園にも
行きたいけど
今の環境が大好きだから
そうですね…
卒業式の時は
みんな不安定に
なることもありますし
卒業式の次の日
私が個人授業の時間に
話してみます
家庭でも当日に
同じことを
話してみて
ください
わかりました
お願いします
そして当日

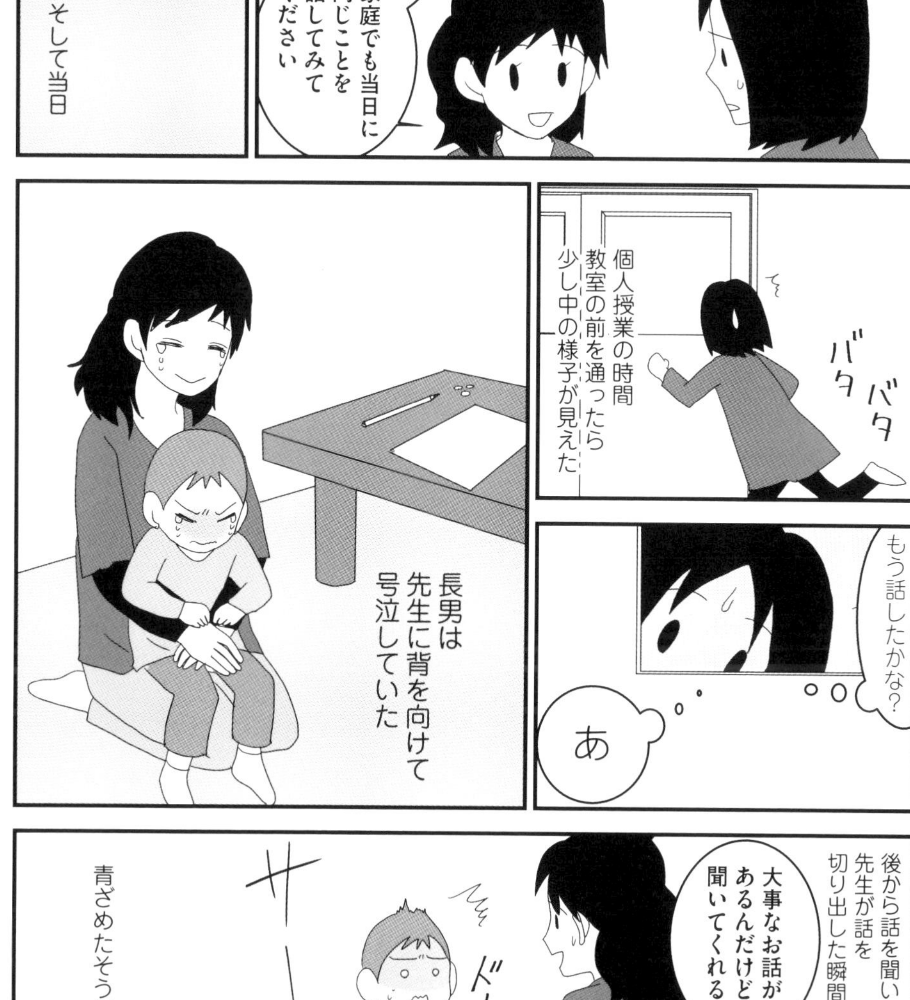
個人授業の時間
教室の前を通ったら
少し中の様子が見えた
バタバタ
もう話したかな?
あ
長男は
先生に背を向けて
号泣していた

後から話を聞いたら
先生が話を
切り出した瞬間
大事なお話が
あるんだけど
聞いてくれる?
ドキッ
サーーッ
青ざめたそうだ

園児達は転園した経験がないため 新学期になるまで その意味を理解できない子が多いらしいが
4月から新しい幼稚園に行くよ
?

そして
無言で先生の膝に座り

長男は去年ゆうくん達が転園していったのを見ていたのできちんと理解していたようだったという
静かに泣きだしたそうだ

先生
なあに?
これは花粉症だからね

花粉症だから
と必死に強がっていたらしい
ボタ
ボタ

でも私が
心配していた
新しい幼稚園に
行きたくない
先生と一緒に
いたい
というような
言葉は
一切なかった

夏休みになったら
遊びに来るからね
待ってるね
そんな約束も
したらしい

周囲の大人が
考えていたよりずっと
長男は理解し
受け入れてくれたようだ

その夜
家でも同じことを話した
家では泣かずに
話を聞いていた

うん
わかった

新しい幼稚園に行ったら また ロボット作りたいな
ドッジボールも すぐ負けちゃうから 練習しなくちゃ

そうだね 一緒に練習しようか
うん
長男はもうしっかり前を向いていた

支援学校幼稚園の2年目は上級生と一緒に遊ぶことが増えた
きゃはははは

去年の上級生に教わったことなどは下級生に教えたり面倒見たりする姿も見られた
お兄さんオシッコは全部脱がないんだよ

相手の気持ちを考え一人一人に合わせて行動することも増えた
りゅうくん 暑いの?
はい 冷たいの りゅうくんの好きな おもちゃもあるよ
れおくんの 好きなタオル あるよ
みーちゃん くるま持って きたよ

問題が起きても
癇癪を起こさず
自分で考えて対応することも
増えた
今日は
お外遊びだったけど
雨だから中止か…
そうだ
いいこと
考えた
ねんどで遊ぼうよ
恐竜作って戦うのが
いいんじゃない？

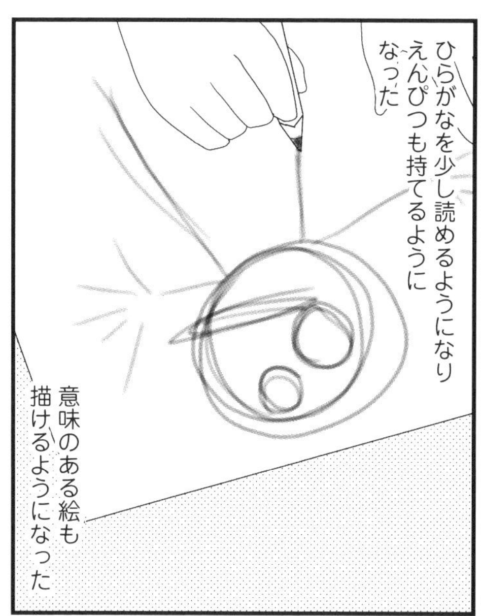
ひらがなを少し読めるようになり
えんぴつも持てるように
なった
意味のある絵も
描けるようになった

苦手な運動も頑張っている
まだ挑戦できないことも
多いけど
不安定な場所でのジャンプや
一本橋
前転や横回りも
できるようになった

入園した時と比べると
見違えるほど
大きく成長した

支援の幼稚園に入ったこと
地元の幼稚園に入れなかったこと
そして支援の幼稚園を出て
新しい幼稚園に転園すること

長男の進路について
本当にこれで良かったのかは
正直わからないけど

でももし何か
あったとしても

この作品は、作者の当時の感情・心情を
できるだけ正直に表しました。
それゆえ、不適切な表現、
医学的に立証されていない表現も含まれております。
迷いましたが、作者のセキララな心情を
ありのままに描ききることに、この作品の真意があると判断し、
あえてそのままにしております。
どうかご理解いただけますと幸いです。

協力

LITALICO発達ナビ

STAFF

デザイン　千葉慈子(あんバターオフィス)

DTP　小川卓也(木蔭屋)

校正　齋木恵津子

編集　山﨑 旬

編集長　松田紀子

最後まで読んでくださり
ありがとうございました

今回も
やらかしてばかりで
スマートにいかない
遠回りな
お恥ずかしい話
ばかりですね…

長男はその後 小規模幼稚園で
周囲の助けもあり トラブルなく
過ごしています

あまりにも平和なので
担任の先生に
友達とトラブルはないかと聞いたら
「喧嘩したりするんですか!?」

と驚かれ
逆に私が驚きました
周囲と違うところも多いようですが
なんとか馴染めたようです

実はありがたいことに
ずいぶん前から2冊目の
お話をいただいていたのですが
進路が決まらないまま描いたら
愚痴だけの一冊に
なってしまいそうだったので
進路が決まり 落ち着くまで
待ってもらいました
幼稚園落ちた
日本嫌い
今回 行政を悪者のように
表現してしまいましたが
誰かが悪いわけではないと
改めて思います

他の地域でもいろいろ
配慮のない対応の話は聞きますが
まだ体制が整っていないのかな…
と感じます
そんななか
いろいろな立場の方が
長男の進路のために
動いてくれたのだと
今は考えています
本当にありがたい
ことです
でも
話し合いをしている当時は
私から見ると
漫画で描いたように
見えたんです

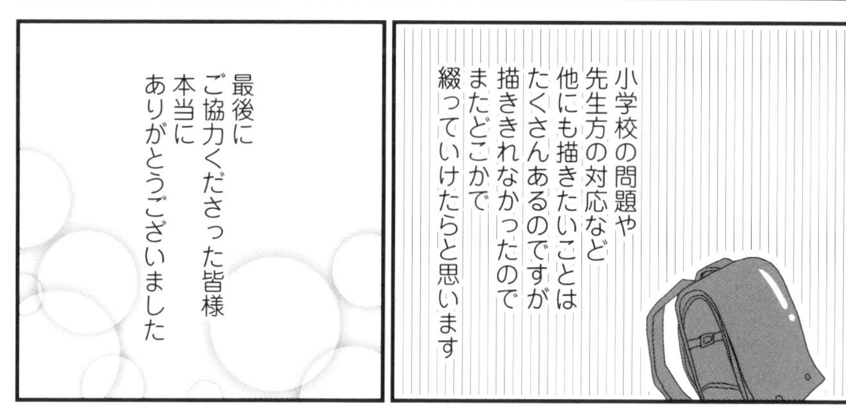
小学校の問題や
先生方の対応など
他にも描きたいことは
たくさんあるのですが
描ききれなかったので
またどこかで
綴っていけたらと思います
最後に
ご協力くださった皆様
本当に
ありがとうございました

あとがき

モンズースー

前回の本を発売した後、仕事や取材を通して色々な方とお会いしたのですが、その時お話させて頂いた方のなかには多くの「当事者」や「当事者家族」の方がいらっしゃいました。
「うちの子もADHDです」「私も当てはまるんです」「うちの業界多いらしいですよ」などなど、私が話しやすいよう気を遣って下さった部分もあるかと思いますが、当事者やその家族の方が発信しようとしてくれているのだと実感しました。

そんななか、ある教育関係の方に「私の同僚でADHDの人がいるんですけど、すごく楽しい人で、その人の奥さんや子ども達と家族ぐるみで付き合っていますよ」と言われました。他にも、仕事に就き、家庭を持ち、元気に生活している当事者のお話をいくつか聞かせていただきました。
私の子ども達が将来どうなるかは未知数ですが、何らかの支援を受けながらでも元気に働ける大人になってくれたらと考えられるようになりました。

本書では描ききれなかったお話も多く、特に幼稚園などで出会ったママ達のことはもっと描きたかったです。子どもの睡眠障害に付き合って不眠のまま数時間かけて支援が受けられる幼稚園に通うママ、癇癪を受け止め全身あざだらけのママ、毎日何時間も屋外遊びに付き合うママ。健常児のママと比べたり、誰が一番大変かなんて比較するべきことではありませんが、決して楽ではない毎日を投げ出さずに工夫しながら生活している当事者家族のことを、どこかで誰かが評価してあげてもいいのに！なんて思ってしまう時があります。うまく表現できないのですが、どの家族の育児も、当たり前じゃなくてすごいことだと思うんです。

児童デイ（通所支援施設）はその後、1年ほど行かない時期があったのですが、長男自身がまた行きたいと言い出したので長期連休の時に少し利用しています。以前より周囲の様子を理解し、自分の身長が伸びたことで大きい子に対する苦手意識は薄くなったように思えます。今は支援の幼稚園時代のお友達に会いたくて通っているみたいです。

漫画に描いた通り、私の一人暮らしは当初ひどいものでした。こんなにひどい人はなかなかいないと思っていましたが、周囲の人達に話を聞くと、皆さん一人暮らし時代には様々な失敗をしているようです。そう考えると、社会に出る前に1ヶ月くらい一人暮らし体験ができればいいのになんて思うことがあります。ATMでのお金の下ろし方、洗濯機の掃除の方法、洗剤の種類や使い方など、意外と知らない社会人も多いと思うんです、年配の方でも。過保護ですかね…。

最後まで読んで下さり、本当にありがとうございました。

解説

筑波こどものこころクリニック 小児科　院長 鈴木直光

発達障害に関する本が多く出版されているなか、こうして続刊が出たのは、漫画だからこそわかりやすく、且つモンズさんによる数々の「ズバリな表現」が多くの読者の心をつかんだからでしょう。言葉だけではわかりづらい場面も、的確なイラストによって理解できます。専門医である私自身も同感し、感動しました…こんな漫画があったとは！　医療・教育・保健・福祉において発達障害に携わる方々には是非一読してほしいと思います。

発達障害の柱は、自閉スペクトラム症（ＡＳＤ）と注意欠如多動症（ＡＤＨＤ）です。モンズさんの汚部屋時代のエピソード（7話）を例にとれば、「捨てられない」（Ｐ82）は、物を溜めてしまうＡＳＤに、「片付けられない」（Ｐ81）は不注意のＡＤＨＤに多い傾向です。それぞれが虹のグラデーションのように濃度が違います（Ｐ64、166、167）。濃い「強い」タイプのＡＳＤは積極奇異型、淡い「弱い」タイプは受け身型です（Ｐ120）。濃いＡＤＨＤの場合は治療が必要になります（前作Ｐ95）。また、その上に様々な併存症（反抗挑戦性症・素行症・不安症・うつ・特異的学習症等）も虹の濃さを変えて重なっています。実は、我々誰もが淡い色の発達障害を抱えているはずなのです。

三輪車がこげない、縄跳びができない、お箸やボタンができないなど、いわゆる不器用な子（Ｐ97）は発達性協調運動症と言われ、一部のリハビリ（ＯＴ）では感覚統合訓練（Ｐ99、100）を行っています。最近では音楽療法も注目されてきています。

発達障害を表すキーワードは「面倒くさい」です（Ｐ14）。片付け、宿題、登校、対人関係、入浴までもが面倒になってしまいます（しかし、興味のあるスマホやゲームはやります）。ＡＳＤの基本は「自己中・マイペース」（Ｐ18）、いわゆるお殿様＆お姫様状態です。予定を変更されたり、自分の思い通りにならなかったりするとしつこく愚図るのです（Ｐ15、16、18、19）。対策としては、予定を目で見える形で示し（Ｐ９～11）、なるべく環境を変えないのが理想です。

本書の題名に「親子で発達障害」とあるように、発達障害はアレルギーと同様、遺伝性の濃い先天的な慢性疾患です（Ｐ38、39）。だから、決してお母さんお父さんの育て方が悪いわけではありません。モンズさんの長男そうすけ君はいい子です。彼の中にある病気が悪さをしているだけです。〝困った親子〟ではなく、〝困っている親子〟なのです。

今回の「入園編」のポイントとして、療育の問題と手帳取得の問題があります。療育は市区町村によって障害児に対する予算や保健師の知識に差があるため、居住地でかなり状況が変わってしまいます（Ｐ149、162）。理解のない保健師（医師や教員も）ほど「様子を見ていきましょう」という便利な言葉を用いて、残念ながら何もしてくれません（Ｐ55）。手帳、特に療育手帳は地域の児童相談所ごとに基準が異なります。手帳を取得すると障害児というレッテルを貼られますが（Ｐ49）、障害というより〝特性〟と考えていいと思います。

長男そうすけ君の幼稚園の転園は、最終的には結果オーライになりましたが、現実はそうした〝当たり〟ばかりではありません。〝はずれ〟の自治体や病院ばかりで「様子を見ていた」結果、素行症のような二次障害になったり、いじめやうつ病で不登校になったりして、母親が後悔の涙とともに初めて専門外来を受診するケースが決して少なくないのです。それらを防ぐ意味でも、大人が〝早期介入〟することにより子どもの〝自尊心を下げないこと〟（Ｐ26）が重要になります。

発達障害をもつ親子が、〝はずれ〟のない理解ある優しい社会で暮らしていける未来のためにも、ぜひモンズさんには今後も描き続けてほしいと思います！

生(い)きづらいと思(おも)ったら親子(おやこ)で発達障害(はったつしょうがい)でした 入園編(にゅうえんへん)

2017年9月22日　初版発行
2019年5月10日　再版発行

著者　モンズースー

発行者　川金正法

発行　株式会社 KADOKAWA
〒102-8177　東京都千代田区富士見2-13-3
☎0570-002-301（ナビダイヤル）

印刷所　株式会社光邦

本書の無断複製（コピー、スキャン、デジタル化等）並びに無断複製物の譲渡及び配信は、著作権法上での例外を除き禁じられています。また、本書を代行業者などの第三者に依頼して複製する行為は、たとえ個人や家庭内での利用であっても一切認められておりません。

●KADOKAWAカスタマーサポート
[電話] 0570-002-301（土日祝日を除く10時～13時、14時～17時）
[WEB] https://www.kadokawa.co.jp/（「お問い合わせ」へお進みください）
※製造不良品につきましては上記窓口にて承ります。
※記述･収録内容を超えるご質問にはお答えできない場合があります。
※サポートは日本国内に限らせていただきます。

定価はカバーに表示してあります。

©Monzusu 2017
Printed in Japan
ISBN 978-4-04-069449-8 C0095